TAKE
SHOBO

屋根裏部屋の王女は、最果ての皇帝陛下に一途に愛され甘く蕩ける

すずね凜

Illustration
ウエハラ蜂

JN098453

蜜猫
Novels

contents

イラスト／ウエハラ蜂

屋根裏部屋の王女は、最果ての皇帝陛下に一途に愛され甘く蕩ける

屋根裏部屋の王女は、最果ての皇帝陛下に一途に愛され甘く蕩ける

序章

「顔を上げて私を見るんだ」

男の声は身体の芯に響くような深いバリトンで、アポロニアの背中をぞくりと震わせた。おずおずと顔を上げる。

男がわずかにほうっと息を吐く。

「白銀の髪、透明な瞳、白い肌――あなたはまるで、伝説の雪の女神のようだ」

彼が思わず、といったようにつぶやいた。

ベッド脇のランプの灯《あか》りに照らされて、男の蒼《あお》い瞳が妖しく光った。その猛々《たけだけ》しい眼差《まなざ》しに、アポロニアは射すくめられたように身を強張《こわば》らせた。

艶《つや》やかな黒髪、深い青い目、野生味を帯びた男らしい端整な容貌、薄い部屋着越しから鍛え上げられたがっしりとした肉体が透けて見えた――まさに「最果ての狼《おおかみ》皇帝」という呼び名に相応《ふさわ》しい風格だ。

こんな雄々しく美しい男性を初めて見た、と思う――彼は北の果てのグルーガー国の若き皇帝ラインハルトである。

今からこの男に抱かれるのだ。

心臓がドキドキする。呼吸が忙《せわ》しない。

極度に緊張している。

それは、生まれて初めて男性と閨《ねや》をともにするせいだけではない。

アポロニアは祖国ダールベルク王国を滅ぼしたネッケ王国の捕虜になり、一国の王女だというのに小間使い同然の扱いを受け、ずっと辛酸を嘗めてきた。

今また、最果ての北国の皇帝へ慰み者として送り込まれたのだ。屈辱の極みだ。

だが、自分には果たさねばならない密命があった。

「そんなに固くなるな」

アポロニアの初心《うぶ》な様子に、ラインハルトの表情がかすかに緩まった。口角が柔らかに持ち上がる。野蛮で冷酷な皇帝だと聞かされてきたが、目の前の彼は気品と知性に溢《あふ》れている。もしアポロニアがこんな立場でなかったら、心を奪われてしまったかもしれない。

ラインハルトの逞《たくま》しい右腕がアポロニアの華奢《きゃしゃ》な腕にかかった。

びくりと身が竦《すく》んだが、ここで怯《ひる》んではならない。思い切って彼の胸の方に身をもたせかける。寝巻き越しにも引き締まった男の筋肉が感じられ、その感触にアポロニアはおののく。

「震えているな。私が怖いか？」

ラインハルトの大きな掌《てのひら》が、アポロニアの背中をゆっくりと撫《な》でた。幼子をあやすような優しい動作だ。

「い、いいえ、こ、怖くありません……」

必死で媚《こ》びるような声色を使おうとしたが、消え入りそうな掠《かす》れた声しか出せなかった。

「怯《おび》えなくてもいい。乱暴なことはしない」

ラインハルトの手が、背中からゆっくりと肩口に上がり、アポロニアの白い首筋に触れた。

「折れそうに細いな」

節高な指先がアポロニアの耳朶《じだ》の後ろをそろそろと辿《たど》ると、ぞわぞわ怖気《おぞけ》にも似た刺激が走り、ぴくりと肩が震える。恐怖の中に官能の甘い刺激が混じった。こんな感覚は初めてで、身体の血が妖しくざわめく。

ふいに、手が外されラインハルトは静かに身を引いた。

「?」

突き放された気がして、アポロニアはもの問いたげに彼を見た。

ラインハルトは静謐《せいひつ》な眼差しで見返す。

「遠路はるばる旅をして、疲れたろう。もう休むがいい。私は居間のソファで寝る」

「っ……」

抱く気はないというのか。それでは計画が台無しになってしまう。

アポロニアは、ベッドから降りかけたラインハルトの部屋着の袖を思わず掴《つか》んでいた。

「ま、待ってください。わ、私はお気に召しませんでしたか?」

肩越しに顔を振り向けたラインハルトが、気持ちを込めた声で言う。

「いや。あなたはとても魅力的だ」

「それでは、どうか……お願いですから」

アポロニアは必死になって彼を引き戻そうとする。

ラインハルトは憐《あわ》れむような眼差しで見た。そして、アポロニアの髪を優しく撫でる。

「痛々しい――無理をするな」

かっと頬《ほお》に血が上った。同情などいらない。

やにわに部屋着の腰紐《こしひも》を解き、前をはだけて胸元を露《あら》わにする。白くまろやかな乳房がまろび出て、ラインハルトの視線がそこに吸い寄せられた。外気に晒《さら》されたためか、赤く色づいた先端の蕾《つぼみ》が、ツンと硬く勃ち上がっていた。

「いいえ、何のためにここまで来たのか。私にお勤めを果たさせてください！」

必死のあまり、目に涙が浮かんでくる。

ラインハルトがその潤んだ灰青色の瞳をまっすぐに見た。その視線に熱がこもってくる。

「北海の氷山のように透き通った瞳の色だ」

ラインハルトがこちらに向き直り、両手ですっぽりと乳房を覆った。温かな掌が直に素肌を撫でる感触に、アポロニアは息が乱れる。

「――滑らかな肌だな、指に吸い付く」

ラインハルトが感に堪えないような声でつぶやき、掬《すく》い上《あ》げるように乳房を柔らかく揉《も》みしだいた。

ラインハルトは劣情を催したようだ。胸の谷間に端整な顔が寄せられた。彼は尖《とが》った乳首を唇に咥《くわ》え込んだ。

ちりっと灼《や》けるような心地よさが下腹部に走り、

「あ……っ」

アポロニアは思わず声を上げてしまった。

「感じるか？」

ラインハルトは上目遣いでアポロニアの反応を伺いながら、濡《ぬ》れた舌先でねっとりと乳首の周囲を舐《な》め回《まわ》した。そのたび、甘い刺激が下肢に下りていく。身体の芯がじわっと熱くなった。

「あ、ぁ、あ……」

アポロニアは甘い鼻声を漏らし、男の舌の動きに合わせて腰をぴくぴくと跳ねさせた。

「感じやすい、素直な身体だな——とても可愛《かわい》い」

ラインハルトが身を起こし、アポロニアの両肩に手をかけた。

ゆっくりと顔が近づいてくる。男の悩ましい息遣いが頬を擽《くすぐ》り、口づけされるんだと悟った。

アポロニアの心臓は今にも破裂しそうだった。

唇が重なる瞬間、思わず目をぎゅっと瞑《つぶ》ってしまう。

生まれて初めての柔らかな口づけの感触に、眩暈《めまい》がしそうだった。緊張のあまり唇を固く噛《か》み締《し》めてしまう。ラインハルトの右手が後頭部にまわり、髪を優しく梳《す》く。何度か撫でるような口づけを繰り返した。

やがて、彼の舌先がアポロニアの唇をこじ開けるように舐め回してきた。

「あっ、ん」

舐められる口づけに驚いて顔を引こうとしたが、後頭部を抱え込まれていて動けない。どうしていいかわからないでいるうちに、するりとラインハルトの舌が口腔《こうこう》に滑り込んできた。

「く……ぅ、んん、ん……っ」

ラインハルトの舌は唇の裏側から歯列を辿り、口蓋から喉の奥まで丹念に舐め回した。

「んーっ……んんっ」

深い口づけにアポロニアは息を詰めて身を強張らせる。嚥下《えんか》し損ねた唾液が口の端から溢れてくると、ラインハルトがそれをじゅるりといやらしい音を立てて啜《すす》り上《あ》げた。

ぬるつく男の舌が、怯えて縮こまったアポロニアの舌を探り当て、搦《から》め取り強く吸い上げてきた。

「んんんーっ、んぅうん……っ」

直後、うなじのあたりに官能の快感が弾け、身体の力がへなへなと抜けてしまう。

ラインハルトは顔の角度を変えては、アポロニアの舌を思うままに蹂躙《じゅうりん》し味わう。

彼の舌がうごめくたびに、下腹部の奥がずくんずくんと疼《うず》いて未知のやるせなさが湧き上がる。

息をしないでいたせいなのか、それとも口づけの刺激に酔ってしまったのか、頭の中がぼうっとしてくる。

官能の霧がかかった脳裏に、ふっと弟エリクの面影が浮かんできた。

この国に旅立つ前に、最後の別れを交わした時、エリクは涙ぐんで手を握ってきた。

『必ず姉上の幸福を祈ります』

アポロニアはハッと我に返った。

「んやぁ、は、やぁ……ぁんん」

身を捩《よじ》り、顔を振りほどこうとする。

ちゅっと音を立てて唇が離れ、二人の唇の間に白銀の唾液の糸が引いた。

「はあっ、は、はぁ……」

アポロニアは忙しない呼吸を繰り返し、必死に意識を保とうとした。鼓動が耳の奥でうるさいくらいバクバク言っていた。

「頬が真っ赤になっているぞ――初々しいな」

ラインハルトの息も少し乱れている。

彼はアポロニアの両肩を抑え、そのまま仰向《あおむ》けにベッドに押し倒してきた。クッションの利いた豪華なベッドは、ふわりとアポロニアの身体を受け止める。

「あ」

大柄なラインハルトにのしかかられ、アポロニアは身動きできない。

「あなたは――」

ラインハルトが気まずそうに咳払《せきばら》いした。

「なんという名前だったか」

あらかじめ氏素性《うじすじょう》は知らされていたはずだが、ラインハルトはそれほどアポロニアには興味が

なかったということか。無理もない。強引に貢がれた亡国の王女の相手など、きっと面倒だと思っていたのだろう。しかし、今は彼はアポロニアに惹《ひ》かれているようだ。この機を逃してはならない。

アポロニアはラインハルトの目をまっすぐに見て、答えた。

「アポロニアと申します」

「アポロニア、アポロニア」

ラインハルトが口の中で転がすように繰り返す。

この男に名前を呼ばれると、うっとりするような甘い響きに聞こえた。

「とても良い名前だ。あなたにぴったりだな」

ラインハルトは目を細めた。

アポロニアは思わず笑みを浮かべてしまった。ずっと誰かに褒められることなどなかったせいかもしれない。

「っ――」

ラインハルトが息を呑《の》んだ。

そして性急に覆《おお》い被《かぶ》さってくる。

「アポロニア、アポロニア」

彼はアポロニアの首筋に顔を埋め、ちゅっちゅっと口づけを繰り返し、そのまま耳朶から額、頬、唇と所構わず口づけの雨を降らせてきた。

「あっ、あ、あ」

ラインハルトの唇が触れた部分が、かあっと熱く灼けつくようだ。

ラインハルトは乳房に顔を埋めると、柔らかな白い乳丘に口づけを繰り返す。時折、すっかり凝ってしまった乳首を啄《ついば》まれると、強い快感が身体の芯を走り抜け、居ても立ってもいられない気持ちになった。

「ん、あ、ぁあ……」

全身が甘く蕩《とろ》けて、このまま抱かれてしまってもいいとすら思った。

だが——。

ラインハルトは、今アポロニアの身体に夢中で油断してる。

今こそ——。

「ぁ、あぁ、ん……」

アポロニアは身をくねらせる素振りをしながら、右手を持ち上げてそろそろと枕の後ろに潜り込ませた。

そこには、ラインハルトが訪れる前に小さなナイフを隠してあった。小型だが切先は鋭く、相手の首筋に突き立てれば深く抉《えぐ》るだろう。

冷たいナイフの柄をぐっと握りしめた。

一瞬だけ、躊躇《ちょうちょ》する。

この男が憎いわけではない。だが、どうしても彼の命を奪う必要があった。

アポロニアは深く息を吸うと、さっとナイフを抜き出し、全身の力を込めてラインハルトのうなじめがけて振り下ろした。

目にも止まらぬ速さで、ラインハルトが身を翻し、アポロニアの右手首を掴んで捻《ひね》り上げた。

「あぁっ」

激痛に、アポロニアは思わずナイフを取り落としてしまう。すかさずラインハルトはそのナイフを取り上げた。

「何をするっ」

彼は俊敏な動きでベッドに片膝立ちになり、アポロニアの細い首を左手でがっちりと抑えた。

そして、奪ったナイフを構えた。

ついさっきまでの甘い表情は一変し、怒りに震える獣のような恐ろしい形相になっている。

「お前は、ネッケ王国の寄越《よこ》した暗殺者か？」

アポロニアは死の恐怖に心臓がきゅうと縮み上がった。

失敗した。もう終わりだ。自分も弟のエリクも命が助からない。

ナイフなど使わなくても、この男が左手をぐっと握れば、自分の華奢な首は脆《もろ》くぽきりと折れてしまうだろう。

アポロニアは深く息を吐いた。そして、ラインハルトの瞳を見据え静かな声で答えた。

「どうぞ殺してください」

ラインハルトの深い青色の目が動揺したように揺れる。

「私は覚悟はできています」

アポロニアの凛《りん》とした態度に、ラインハルトは構えたナイフをわずかに下ろした。

「お前は——暗殺者には見えぬな。物腰に育ちの良さが滲《にじ》み出《で》ている。何者だ？」

アポロニアは身体の力を抜き、顎を引いた。

「私は——アポロニア・ダールベルク」

今は滅んでしまった祖国の姓を名乗ると、ずきりと胸が痛んだ。

「ネッケ王国に滅ぼされたダールベルク王国の、生き残った最後の王女です」

ラインハルトはアポロニアを見据えたまま、低い声で言った。

「王女、なのか」

アポロニアはコクリとうなずく。

絶望感が全身を包み込み、悲哀が襲ってきた。ぽろりと大粒の涙が白い頬をつたった。

ラインハルトは瞬《まばた》きもせず、アポロニアの顔を見つめている。

おもむろに彼はアポロニアの首から手を離し、ナイフを部屋着の懐へ収め、悠然と言う。

「話を聞こう」

「最果ての狼皇帝」の渾名《あだな》にふさわしい王者の風格と余裕に、アポロニアは生死の瀬戸際だというのに胸がきゅんと甘く痺《しび》れた。アポロニアはゆっくり身を起こし、乱れた衣服を手早く直す。

彼女の可憐《かれん》な赤い唇が開き、長く悲惨な物語が語られ始めた。

第一章　亡国の王女は復讐を胸に嫁ぐ

「アポロニア、アポロニア、もっとテキパキ手を動かしなさい。舞踏会に遅刻してしまうわ」

大きな鏡の付いた金製の化粧台の前に座ったマリエ王女は、苛立《いらだ》たしげに眉を顰《ひそ》めた。

「はい、王女様」

アポロニアはマリエの背後に立って、複雑に結い上げた髪型の最後の仕上げに、大粒のダイヤモンドを散りばめたティアラを被《かぶ》せる。

「出来上がりました。いかがでしょうか？」

アポロニアは額の汗を右手で拭うと、マリエの後ろからおずおずと声をかけた。

「そうね」

マリエは鏡の中の自分を覗《のぞ》いた。手織りのレースをふんだんに使った最新流行のデザインのドレス、巻き髪の房を幾つも揺らした派手な髪型にダイヤモンドの装飾品、少しけばけばしいほどの化粧――どこから見ても贅沢《ぜいたく》で豪華なしつらえの貴婦人だ。

「ふふん、今夜も私が一番綺麗《きれい》ね」

満足げに鼻を鳴らしたマリエは、自分の背後に写り込んでいるアポロニアを見ると顔色を変えた。

アポロニアは、地味な紺色の侍女の制服に洗いざらしのエプロン、化粧気はまったくなく、銀色に近いプラチナブロンドの髪は無造作にうなじで束ねただけの姿であった。

だが、乙女盛りの十八歳の彼女は、白い肌はシミひとつなく滑らかで、クリスタルのように透明に近い灰青色の瞳はぱっちりとつぶら、形の良い鼻筋と赤い唇、小作りな顔はハッとするほど美麗に整っている。

ごてごて着飾った同い年のマリエより、ずっとアポロニアの方が輝いて見えた。

マリエは不機嫌そうに立ち上がる。居丈高にアポロニアに命令する。

「扇！　さっさと扇を渡しなさい」

「は、はい。どうぞ」

アポロニアは小卓に並べられてある幾つもの扇のなかから、孔雀《くじゃく》の羽で飾られたものを選んで差し出す。

受け取ったマリエは、やにわにそれをアポロニアの顔に投げつけた。ばしっと音がして、アポロニアの片頬に扇が当たった。

「これじゃないわ！　駝鳥《だちょう》の羽の方よっ」

「申し訳ありません」

アポロニアは慌てて駝鳥の羽の扇を手に取った。マリエはそれをむしり取るように奪うと、壁際に控えていた他のお付きの侍女たちに声をかけた。

「のろまな小間使いのせいで遅刻しそうよ。参ります」

侍女たちが、いっせいにマリエの後ろに付いた。

「あんたは後片付けよ。この間みたいに紅刷毛《はけ》が床に落ちていたら、承知しないから」

マリエは冷たく言い放つと、アポロニアを押《お》し退《の》けるようにして化粧室を出て行く。通りすがりに、マリエは素早くアポロニアの二の腕をきゅっと抓《つね》った。

「っ——」

鋭い痛みにアポロニアは顔を顰めたが、

「行ってらっしゃいませ」

と、頭を下げて見送る。

その後、アポロニアは化粧室を隅々まで掃除し、マリエの寝室のシーツの皺《しわ》を綺麗に伸ばし、枕を叩《たた》いて膨らませる。少しでも寝心地が悪いと、マリエからひどい叱責をくらう。洗濯したての部屋着を用意し、枕元の水差しの水を新しく換えた。

すべての仕事が終わったのは、深夜に近い時間であった。

「ふう……」

アポロニアは厨房《ちゅうぼう》に行き、料理番から二人分の夕食を受け取り盆に乗せて、侍女用の宿舎に続く暗い廊下を歩いていく。城奥の大広間の方から、軽快なダンス音楽とさんざめく人々の笑い声がかすかに響いてくる。アポロニアはうつむいて、宿舎の狭い階段を上った。最上階の狭い屋根裏が、アポロニアに与えられた部屋であった。

扉を軽くノックし声をかける。

「エリク、ごめんなさい、遅くなって」

部屋に入ると、狭い部屋をいっぱいにして木のベッドが置いてあり、そこに枕に背をもたせかけて弟のエリクが半身を起こして本を読んでいた。灯りは、枕元にある燭台《しょくだい》の蝋燭《ろうそく》の明かりのみで、部屋は薄暗い。

「姉上、お帰りなさい」

二歳年下のエリクは、アポロニアによく似た繊細な美貌を持っていたが、長く伏せっているせいか顔色は青白い。

アポロニアは笑みを浮かべ、エリクの元へ食事の盆を運んだ。

「今夜はマリエ王女様主催の舞踏会が開かれているから、残り物でもご馳走《ちそう》よ。スープに具がいっぱいはいっているわ。ローストチキンもあるの。温かいうちに食べなさいね。あなたは育ち盛りなんですもの」

エリクは弱々しく笑い返す。

「いつも姉上にばかりご苦労をかけて、すみません」

アポロニアはエリクの髪を優しく撫でた。

「何を言うの。たった二人きりの姉弟じゃないの。私はね、あなたが早く病気を治して元気になってくれることだけが生きがいよ」

「姉上――」

エリクは涙で声を詰まらせそうになる。

「ほらほら、早く食べましょう」

アポロニアはベッド側の木の椅子に腰を下ろし、膝の上に盆を置いて自分の食事を始めた。こっそりと自分の分の肉をエリクの皿に全部分けてしまったことは、内緒だ。

二人は慎《つつ》ましい食事を摂《と》りながら、ぽつぽつと会話を交わす。

「そう言えば、もう直《す》ぐ六月ですね。祖国では『花祭り』の季節でしょう」

エリクが懐《なつ》かしそうに目を細めた。

「そうね。ダールベルクの国中が、色とりどりのお花で埋め尽くされて、それは見事で綺麗だったわね」

アポロニアは遠い目になる。

アポロニアとエリクは、大陸の南に位置するダールベルク王国の王女と王子だった。

ダールベルクは小さな島国で、南国の花々と果実を唯一の産物としていた。決して国は豊かではなかったが、清廉な国王の統治のもと、国民は穏やかに平和に暮らしていた。

だが、アポロニアが七歳の時である。

突如、祖国は軍事独裁国ネッケ王国の軍隊に攻め込まれたのだ。

平和主義で軍備をほとんど持たなかったダールベルク王国は、抵抗する間もなくネッケ王国の軍隊に侵略され占領されてしまった。

父国王と母王妃は、幼いアポロニアとエリクを忠義な騎士ディレックに託して脱出させ、自分たちは燃える城と共に運命を共にした。

戦火の中を、アポロニアとエリクは必死で逃走したが、無念にもネッケ王国の追手に捕らえられてしまったのだ。

その後、ダールベルク王国はネッケ王国の一部として併合され、祖国は失われた。

アポロニアとエリクは捕虜となりネッケ王国へ連行された。年端もいかぬ子どもということで、二人は極刑を免れしばらくは牢《ろう》に監禁されていた。やがて、二人は実害のないものとされ、アポロニアは城で侍女として働くことを命じられた。病弱なエリクは、アポロニアの必死の懇願で、労働は免除された。

アポロニアは、マリエ王女付きの小間使いにさせられた。

マリエは派手好きで我儘《わがまま》な性格で、我こそは国一番の美女と自負している。しかし、素顔でもひときわ目立つ美貌の持ち主のアポロニアをひどく妬《ねた》み、朝から晩まで辛《つら》い仕事を与えてこきつかった。

アポロニアは、弟のエリクの病を治すことだけを生き甲斐《いがい》に、ひたすらマリエの理不尽な振る舞いに耐えていた。

心の中では王女としての誇りを忘れず、辛い労働が終わった深夜に貸し出しを許された本を読《よ》み漁《あさ》り、知識や教養を身につけた。エリクにも読み書きやダールベルク王国の知識を教え込んだ。

幸い、エリクはとても賢く聡明《そうめい》に成長した。

いつか——エリクが健康を回復したら彼だけでも学校に通わせてもらうようにさせたい、と願っていた。

この頃は、エリクの病状も随分と良くなり、アポロニアの胸にはほのかな明るい希望が生まれていたのだ。


アポロニアは食べ終わった食器を片付けながら、屋根裏部屋の天井に唯一ある明かり取りの小さな天窓を見上げた。

「エリク、南の十字星がよく見えるわ。どこにいても、星の輝きだけは変わらないわね」

エリクも窓を見上げた。

「ええ姉上。祖国では南の十字星は『希望の星』と呼ばれているんですよね。きっと、星は私たちを見守ってくれていますよ」

エリクの優しい言葉に、アポロニアは笑みを浮かべた。

「そうね、希望は失わないでいましょうね。さあ、もうぐっすりと休みなさいね」

「はい、姉上。おやすみなさい」

エリクがベッドに横たわり目を閉じるまで、アポロニアは見守っていた。

それから、アポロニアはベッド代わりにしている古いソファに毛布を敷いて、くるまった。狭い屋根裏部屋にはベッドを二台も置けず、アポロニアは病弱なエリクにベッドを当てがい、自分はずっとソファで寝ているのだ。

貧しい生活だが、姉弟で寄り添って励まし合って生きていくことにささやかな幸せを見出していた。

しかし、その数日後。残酷な運命は、姉弟の希望を粉々に打ち砕いたのだ。


ネッケ国王が、緊急の用事だと娘のマリエを呼び出した。

「なによ、父上ったら。これから中庭のお池でボート遊びをするつもりだったのに」

マリエはぶつぶつ言いながら、アポロニアにドレスの着替えを手伝わせた。マリエは不満を解消するような顔つきで言った。

「そうだ、アポロニア。あなた、謁見室まで付いてらっしゃい。私のドレスの裾持ちをしてよ」

「――かしこまりました」

アポロニアは小声で答えた。

ダールベルク王国を滅ぼし両親を亡きものにした張本人のネッケ国王など、本当は顔を見るのもおぞましい。だがマリエはそれを承知で、わざと意地悪をしているのだ。アポロニアは唇を噛み締め、マリエのドレスの裾を捌《さば》きながら、彼女の後に従った。

謁見室の階の上の無数の宝石で飾り立てた玉座に座り、ネッケ国王が待ち受けていた。

肥満した身体を希少な虎の毛皮で仕立てた豪華な衣装に包み、薄い頭の上に重そうな黄金の冠を被っている。細い目は狡猾《こうかつ》そうに光っていた。

「父上、御用ってなんでしょう？　私、このあとボート遊びの予定が入っているのよ」

マリエは玉座の前に進み出て、唇を尖らせて文句を言う。

アポロニアは壁際に下がり、頭を低く下げた。

ネッケ国王はきんきんした耳障りの悪い声で言う。

「我が愛娘《まなむすめ》よ、そうぶうぶう言うでない。国の大事な用事なのじゃ。お前、グルーガー帝国を知っておるか？」

マリエがつまらなそうに答える。

「北の果てにある、田舎の国でしょう？　なんでも人々は魔力を持っていて、恐ろしい幻獣を使えるとか。いやだわ、ほんとうに野蛮よね」

「うむ、たしかに野蛮な辺境の国ではある。だが、近年、その田舎国が国力を増してきておる。特に、若きラインハルト皇帝の代になってからは、看過できない発展を遂げている」

「そうなの？」

マリエは興味なさげに答える。

「うむ。辺境国だが領土は広い。資源は豊富だ。新興国として、先々は我が国の脅威になりかねぬ——そこでだ」

ネッケ国王の声がおもねるような声色になる。

「お前、グルーガー帝国皇帝に嫁がぬか？」

「えっ、なんですって？」

マリエが素っ頓狂な声を上げる。

「皇帝ラインハルトは二十八歳と聞いているが、まだ独り身のようだ。ここは、お前がグルーガー帝国皇妃となれば、同盟国となり我が国は安泰だ。いずれ内部からお前が手引きすれば、グルーガー帝国に攻め入り、侵略することもできるかもしれぬ」

「冗談ではないわ！　あんな田舎の野蛮な国の皇帝の妻になんか、なりたくないわ！　きっと、幻獣に取って喰《く》われてしまうわ！　ひどい、父上、ひどいっ」

マリエはわっとその場に泣き伏した。

「うわあああんん、いやよ、絶対、いやあっ」

わんわん大袈裟《おおげさ》に泣《な》き喚《わめ》くマリエを、ネッケ国王は持て余したように言う。

「だがな。皇帝ラインハルトは才気煥発《さいきかんぱつ》で、グルーガー帝国は飛ぶ鳥を落とす勢いなのだ。今のうちに、ラインハルトを懐柔するか抹殺せねば、我が国の脅威になりかねんのだ」

ふいにマリエが泣《な》き止《や》んだ。

「まっ、さつ――？」

「ああ、名君ラインハルトさえいなくなれば、グルーガー帝国はただの無知な有象無象の集まりだからな。逆に、我が国が侵略する隙ができるというもの」

「あらそうなの」

マリエが急にけろりとした。アポロニアには、マリエが含み笑いをしたように聞こえた。

「ねえ、父上、だったら私じゃなくて、誰か他の女を送り込めばいいじゃない」

「他の女？」

「アポロニア、顔をお上げ」

マリエに命じられ、アポロニアはおずおずと顔を上げる。マリエがにやりと笑い、こちらを指さした。

「父上、この娘よ。この子をラインハルトに送りつけなさいよ。そして、ラインハルトを殺してもらうのよ。ほら、この子、割と綺麗じゃない。それに元王族だから、普通の女より品があるし。きっと野蛮な皇帝に気に入られるわ！」

アポロニアは唖然《あぜん》としてマリエの言葉を聞いていた。

玉座からネッケ国王がじろりとこちらを見た。

「ははあ。あの島国の元王女か。ずいぶんと美人になったものだな。なるほど――」

アポロニアはネッケ国王の不躾《ぶしつけ》な視線に震え上がる。ネッケ国王がぞんざいに手招きした。

「娘、こっちへ寄れ」

「は……い」

アポロニアは震える足でそろそろと玉座の下に進んだ。

ネッケ国王は老獪《ろうかい》そうな表情になる。

「よし、お前をグルーガー帝国のラインハルトに貢ごう。そこで色仕掛けでラインハルトをたらし込み、隙を見て暗殺しろ。そうだな、ラインハルトを肉欲に溺れさせ油断させるために、一年の猶予をやる。一年のうちに、ラインハルトを暗殺するのだ」

「？」

アポロニアは心臓が飛び上がった。あまりに理不尽なことに頭が真っ白になる。

「そ、そんな、恐ろしいこと、私にはできませ……」

アポロニアがガクガクとおののきながら、しどろもどろで言葉を発しようとした。しかしネッケ国王は、それを押しとどめて冷酷な表情で言う。

「たしか、お前には弟がいたな――たった一人の弟は大事であろう？」

「‼」

エリクのことを持ち出され、アポロニアは愕然《がくぜん》として息を呑んだ。

アポロニアが声を失うと、ネッケ国王が畳み掛ける。

「お前が断れば、弟は処刑する。弟の命を救いたければ、言う通りにグルーガー帝国へ行け。首尾よくラインハルトの命を奪えば、お前も弟も解放してやろう」

「あらまあ、アポロニア、よかったじゃない。あなた、自由になれるんですって」

マリエがわざとらしい猫撫《ねこな》で声《ごえ》を出す。

「……」

見知らぬ北方の果ての国、野蛮だと言われている皇帝の愛人になり、その暗殺を命じられた。

小さな虫の命を奪うことも可哀想《かわいそう》でできないようなアポロニアに、大の男の暗殺などできるはずはない。しかも、男性経験のないアポロニアに、男を肉体でたぶらかす手管などない。一年の猶予など与えられても、どうしようもない。万が一成功したとしても、皇帝の暗殺者としてその場で命を奪われてしまうのがオチだろう。

アポロニアは絶望感に、この場で舌を噛《か》んで死にたいと思った。

だが、エリクがいる。最愛の弟の命だけは救いたい。

アポロニアは込み上げてくる屈辱の嗚咽《おえつ》を噛《か》み殺《ころ》す。そして、消え入りそうな声で言った。

「エリクは――弟だけは、助けてください……言う通りにしますから。もし一年の間に、暗殺に失敗して私が殺されたとしても、どうか弟の命だけはお救いください」

ネッケ国王は満足げにうなずく。

「おお素直でよいな。覚悟も立派である。わかった。では、直ちにグルーガー帝国へ使いを出そう。友好の証《あかし》に、若く美しい乙女を献上するとな。その美貌なら、大抵の男はたらしこめるだろうよ」

マリエが高笑いした。

「おほほほ、美人は得ねえ」

アポロニアは屈辱と失意に全身が震えるのを、必死で耐えていた。

数日後、グルーガー帝国からは承諾する旨の返事が来た。

かくして、アポロニアは最果ての北国へ貢がれることとなったのだ。


グルーガー帝国へ旅立つ前日。

アポロニアとエリクは一晩中別れを惜しんだ。

エリクを心配させないためにアポロニアは、グルーガー帝国の皇帝の元へ側室として輿入《こしい》れするという建前を通した。

エリクは素直にアポロニアの嫁入り話を信じ、喜んでいた。

「おめでとうございます、姉上。やっと、この城から出ることができるのですね。グルーガー帝国は遠方だそうですが、どうか道中お気をつけて」

「エリク、ああエリク。あなたを置いていくことを許してね」

アポロニアは涙ながらにエリクを抱きしめた。これが今生の別れかもしれないのだ。

「とんでもない。やっと姉上は幸せになるのです。きっとこれからは良いことばかりありますとも。私は姉上が幸せなら、これ以上の望みはありません。ずっと私の世話をしてくださり、心から感謝します」

「エリク……」

弟の無邪気で優しい言葉は、アポロニアの胸を抉《えぐ》った。

本当は、死ぬのを覚悟でグルーガー国皇帝を暗殺に行くのだ。最果ての北国で待っているのは、絶望しかない。

アポロニアは屋根裏部屋の天窓を指さした。

「毎晩、南の十字星に向かってあなたのことを祈るわ。あなたもどうか、私のことを思って祈ってちょうだいね」

エリクは深くうなずく。

「必ず、姉上の幸福を祈ります。姉上。最北端の国に行かれてはなかなか難しいかもしれませんが、いつか、私に会いに来てくださいね」

アポロニアはさらに涙が溢れてくる。

「ええいつか――いつか絶対にあなたに会いにくるわね、約束よ、エリク」

エリクを抱きしめながら、嘘《うそ》の約束をする自分が悲しかった。


その晩、悪夢を見た。

戦火の中、幼いエリクと逃げ惑う夢だ。

早く、早く、もっと早く逃げなければ。

アポロニアは息を切らし、必死で走る。

だが、エリクを抱いている腕が重くなり、疲れ果ててもう一歩も動けない。

背中がちりちりと焦げる。エリクが悲鳴のような泣き声を上げた。

熱い、全身が燃える、燃えてしまう。

「ああっ……」

苦しさに目が覚めた。

震えながらソファの上に起き上がる。

まだ夜明け前だ。

起こしてしまったかと、そっとベッドのエリクをうかがうと、彼は健やかな寝息を立てていた。

ほっと息を吐き出す。

毎晩のようにこの悪夢に悩まされている。

いつか、苦しい戦禍の思い出を忘れることができるのだろうか。

北の最果てのグルーガー帝国の皇帝は、野蛮で戦が好きだという風評だ。戦争はもう嫌だ。争いごとは見たくない。

それなのに――貢がれて行く先の国で、自分は人を殺《あや》める使命を帯びている。

「ああ神様――どうか、私たちをお救いください……」

アポロニアは両手で顔を覆って、一心に祈った。


その早朝。

シルクと宝石で仕立てられた艶やかなドレスに身を包み、豪華に仕立てられた馬車に乗り、アポロニアはグルーガー帝国へ旅立ったのである。しかし、表向きはそれなりに立派なしつらえであったが、ドレスはマリエのお下がりだし、同行するのはわずかな護衛兵たちのみ、お付きは年取った侍女一人という有様だ。しかも、アポロニアを引き渡したら、護衛兵たちはそのまま回右でネッケ王国へ帰ってしまうという。いかにも厄介払いという感は否めない。

馬車の窓から身を乗り出し、アポロニアは遠ざかるネッケ王城をいつまでも見つめていた。あれほどあの城から解放されたいと切望していたのに、心の中は悲嘆でいっぱいだった。

南西に位置するネッケ王国から、最北端のグルーガー帝国までの道のりは遠く、ひと月かけてアポロニアの一行は国境まで辿《たど》り着《つ》いたのである。

窓から外をのぞいたアポロニアは、目を見開く。

「白い……」

広大で荒涼とした平原の向こうには険しく高い山々が連なり、真っ白な雪で覆われていた。

南国生まれのアポロニアは、生まれて初めて雪というものを見たのだ。


一方で。

グルーガー帝国の若き皇帝ラインハルトは、執務室の机に山と積み上げられた各自治体からの陳情書を読《よ》み耽《ふけ》っていた。

弱冠二十歳で皇位に就いたラインハルトは、現在二十八歳の男盛りである。

すらりと高身長で、艶やかな黒髪に切れ長の青い目、知的な額に高い鼻梁《びりょう》、野生味を帯びた男らしい美貌。軍人でもあるラインハルトは、毎日の武術の鍛錬も怠らず、引き締まった体躯《たいく》の持ち主だ。

グルーガー国は初夏でも薄ら寒い。そのため、執務室の大理石の暖炉には、ぱちぱちと薪《まき》が燃えていた。

暖炉のそばに、幻獣である白い巨大な狼がうずくまっている。

グルーガー国の先祖は魔術を使うことができ、北方に数多《あまた》生息している幻獣たちを使い魔として飼い慣らすことができた。現在でも、その能力を有する人間がたまに生まれる。ラインハルトもその一人で、強大な魔力を持つ白狼アーマを自分の使い魔としている。

ふいにアーマがわずかに顔を上げ、低く唸《うな》った。

「どうした？　来訪者か？」

ラインハルトは書類から顔を上げ、執務室の扉の方へ目を遣った。

黄金色に光るハチドリが、するりと扉を通り抜けて現れた。

ハチドリはラインハルトの目の前で空中浮揚して、チチチと囀《さえず》った。

「ガルバンか。何か緊急の用か？」

「陛下、ネッケ王国から送り込まれたご令嬢が到着されましたが。いかがしますか？」

ハチドリが若い青年の声で囀った。このハチドリは侍従のガルバンの使い魔だ。遠くからでも、ガルバンの声を届けることができる。

ラインハルトは、あっと気が付く。

「今日であったか」

「昨夜、私はそう報告いたしましたよ。陛下は政務に夢中で、ぜんぜん聞いておられなかったのでしょう」

ガルバンの声色が不満げになった。

ラインハルトは咳払いした。

確かに、ひと月前頃、ネッケ王国から友好の証に若い美女を貢ぎたいとの申し出があった。しかし、ラインハルトはほとんど上の空で承諾していたのだ。

彼にとっては国を興すことが最優先だったし、軍事大国ネッケ王国が女性を物のように扱うのも気に食わなかった。そして、女一人でラインハルトを懐柔できると甘く見ていることにもむかっ腹が立った。グルーガー帝国は、いつまでも最果ての田舎の野蛮な国ではないのだ。しかしまだまだ、軍事大国であるネッケ王国に逆らうには国力が不足していた。そのため、渋々ながら受け入れたのだ。

だから、貢ぎ物の娘が到着したら、丁重にお引き取り願おうくらいに思っていた。

「今日は夜まで政務が詰まっている。明日面会する。貴賓室にお通しし、丁重におもてなしし、先に休むようにしてもらえ。顔を合わせることくらいはしよう」

ガルバンが少し軽口になった。

「ええー、それだけですか？　――先ほどご案内しましたが、とても美しい人でしたよ。気品に溢れていてたおやかで――」

「興味はない。言われた通りにしろ」

ラインハルトはぴしゃりと言い放った。

「こわっ、御意」

ハチドリは素早く扉を通り抜けて姿を消す。

ラインハルトはため息をついて、書類に目を落とそうとした。

暖炉のそばからむくりと起き上がったアーマが、ゆっくりとこちらに歩いてくる。アーマはラインハルトの膝の上に顎を乗せると、喉の奥でググと甘え声で唸る。

「どうした？　なにか言いたげだな？」

ラインハルトはアーマの頭を撫でてやる。すると、手のひらを通じてアーマの心が伝わってきた。

（ヨカンガスル）

「予感？」

（イイヨカン、ソシテ、カナシミノミライ）

幻獣のアーマには予知能力が備わっている。

「いい予感とは？」

（ユキノメガミガ、アナタノコオリヲトカスダロウ、ソレガヨイヨカン）

「雪の女神？　悲しみの未来とは？」

（ソコマデハマダミエナイ――ダガココロセヨ）

アーマは意識を遮断し目を閉じ、うっとりと撫でられている。

「私を変える？　どういう意味だ」

ラインハルトは首を傾けた。

しかし、すぐに山積みの書類の方に気が向いてしまい、はるか遠方から貢がれてやってきた令嬢のことは、頭から消えてしまった。

夜更けすぎ。

ようやく政務を全て片付けたラインハルトは、執務室に運ばせた簡易な夕食をそそくさと平らげた。質実剛健をモットーとしている彼は、贅沢な食事には興味がなく、最低限の栄養さえ取れればいいとしていた。

その後、アーマを従え自室へ戻ろうとした。幻獣の中でも最高位の戦闘力と魔力を有するアーマがそばにいれば、ラインハルトには100万の護衛が付いたも同然である。そのため、普段はラインハルトは護衛兵を付けずに行動していた。

その時、廊下の向こうからガルバンの使い魔のハチドリが飛んできた。

「陛下、陛下。実はネッケ王国からおいでのご令嬢は、陛下にお目通するまでは起きて待っておられると言い張りまして――」

「なんだと？　もう午前零時をとうに過ぎているぞ」

「はい。でも頑《かたく》なにそう言い張られ、お食事もお手につけません。あまりに涙ぐましく、つい、陛下のお部屋にお通ししました」

ラインハルトは顔を顰めた。

「勝手なことを――」

「ですが陛下、いたいけな若いご令嬢が単身この最果ての国においでになったのですよ。少しはお情けをかけてさしあげても、よいのではないですか？」

ガルバンはラインハルトがそばに仕えさせている数少ない従者である。誰もが幻獣使いの「最果ての狼皇帝」を恐れ敬い距離を置いて接してくる中で、ガルバンは年若いにもかかわらず臆することなく意見する。それが小気味良くて、ラインハルトは彼が気に入っていた。

「仕方ない――素早く謁見をすませる」

ラインハルトがしぶしぶ承諾すると、ハチドリが嬉《うれ》しげに羽ばたいた。

「やったぁ。陛下、早くお部屋に行ってあげてくださいねっ」

ハチドリは素早く飛び去った。

「まったく――早く就寝したいものを」

ラインハルトは口の中でつぶやきながら、自室に入った。

ラインハルトの部屋は、広々とはしているが調度品も家具も皇帝にしては実に簡素なものだった。一年の大半が極寒であるグルーガー帝国は、農作物には恵まれない。近年、西の永久凍土から大量の資源鉱物が発掘されてから、徐々に経済が上向いているが、まだ財政が豊かとはいえない。皇帝自らが質素な生活を率先することで、少しでも民たちの生活を潤すことになれば、と彼は考えていた。

ラインハルトは部屋の中を見回した。誰もいない。

「どこだ?」

彼は居間から書斎、洗面所まで覗いて回った。だが、娘らしき人影はない。

「どういうことだ?　いないではないか」

とりあえず一日中着ていた軍服を脱ぎ、楽な部屋着に着替えた。ガルバンを呼びつけようかと迷っていると、ラインハルトの手に、アーマの濡れた鼻面が触れた。

(シンシツニ、ケハイガアル)

ラインハルトはハッとする。

「寝室だと?　ガルバンめ、気を回しすぎだ」

元より、ネッケ王国は閨の相手として娘を送り込んできたのだ。だが、ラインハルトは手を出すつもりは毛頭なかった。

「くそ」

ラインハルトは舌打ちをしながら、乱暴に寝室の扉を開けた。

灯りは奥の天蓋付きのベッドのそばの小卓のオイルランプのみで、寝室の中は薄明るい。

そして、ベッドの端に、きちんと正座した一人の娘が座っていた。

白く薄い寝巻きを着ている。豊かな胸元と女らしい曲線を描く身体の線が透けて見えて、どきりとするほど艶《なま》めかしい。

彼女は両手を膝の上に置き、わずかに顔をうつむかせていた。

白銀に近い長いプラチナブロンドの髪が、さらりと顔にかかっている。

彼女の長い睫毛《まつげ》が不安そうに震え、白い顔にちらちらと影を踊らせていた。

「雪の——女神？」

娘をひと目見て、ラインハルトは心臓が大きく跳ねるのを感じた。

ラインハルトはゆっくりとベッドに歩み寄った。

ラインハルトの気配が近づくのを感じてか、娘の全身が緊張に強張る。

なんとも初々しい反応に、心が惹かれた。

「ラインハルト・グルーガーだ」

声を発すると、娘の細い肩がぴくりとおののく。その様も、ひどく扇情的に見えた。

はっきりと顔を見たい。

「顔を上げて私を見るんだ」

娘がおずおずと顔を上げる。白磁のような滑らかな肌に鼻筋が通り形のいい赤い唇、そして透明に近い灰青色の瞳。こんな清らかで美しい娘を見たことがなかった。

「っ――」

目が合った瞬間、ラインハルトは胸の奥が甘く痺れるような気がした。

その時にはもう、ラインハルトは恋に落ちていたのだ。

ただ、彼はそれにまだ気が付かないでいた。


「こうして――私は、この国に来たのです。もとより、命は捨てる覚悟でした」

アポロニアは長い身の上話を終えた。

ラインハルトは無言で聞き入っていた。

寝室の暖炉の熾火《おきび》がぱちっと跳ねた。この国は、初夏でも暖炉に火を焚《た》くのだな、祖国は常夏でほとんど暖房を入れることはなかったな、などと場違いに思った。

アポロニアは小さくため息をつき、正座して両手を膝の上に置く。

そして覚悟を決めた笑みを浮かべて、まっすぐにラインハルトを見た。

「どうか、お裁きください、覚悟はできています。たとえ私が暗殺に失敗してここで命を落としても、弟の命だけを助けてくれるとネッケ国王は約束してくれました」

ラインハルトはアポロニアの視線に眩《まぶ》しそうに目を細める。

それから、急に表情を改めた。

「あなたは、かの王の約束を素直に信じるのか？」

「え？」

「ネッケ国王は酷薄な独裁者だと聞く。あなたの祖国を容赦なく滅ぼした人物だ。あなたは王家の生き残りとして、ここに厄介払いで送り込まれたに違いない」

「厄介払い……？」

「もとより細腕のあなたが私を暗殺できるなどと、ネッケ国王は思っていないだろう。ダールベルグ王家の生き残りを抹殺するのが本当の目的だろう。万が一私の暗殺に成功したとしても、あなたは私の臣下たちに捕らわれて命を落とすだろうし、一挙両得であるからな。その後、あなたの弟も殺されてしまうだろう。それで完全にダールベルク王家は根絶やしになる」

アポロニアの全身から音を立てて血の気が引く。

「そんな……エリクが殺されてしまうの？」

悲壮な覚悟を胸に、遠い北の果てのこの国に来たのに、最初から騙《だま》されていたというのか。

「そんなの、酷《ひど》い、酷すぎる……！」

アポロニアは腹の底から強い怒りが込み上げてくるのを感じた。

これまで、祖国を滅ぼし両親を死に追いやり、マリエの小間使いとしてこき使われていても、諦念が先にあった。無力な自分には何もできないと虚無な気持ちでいた。

これほどネッケ王国に対して憎しみを感じたことはない。アポロニアは拳を強く握りしめる。

「憎い、ネッケ国が憎い、無力な我が身が憎い……どうしたらいいの？　ああエリク、エリクを助けたい……！」

怒りにわななくアポロニアの背中を、ラインハルトの大きな掌がそっと撫でた。

「落ち着け、あなたの怒りはもっともだが」

その温《ぬく》もりと気持ちのこもった低い声に、アポロニアはなぜか気持ちがみるみる安まるのを感じた。

「一年はある」

「え？」

彼が力づけるようににこりと笑う。笑うと野生味を帯びた鋭い目の端に笑い皺《じわ》が浮かび、ひどく親しみやすい表情になった。

「ネッケ国王は一年の猶予を約束したのだろう？　一年の間、あなたがこの国で健在でいれば、ネッケ国王も結果を待つだろう。その間は、あなたの弟も無事ということだ」

「一年……でも、その間に私になにができましょうか？　陛下を暗殺するなど、できるはずもありません」

アポロニアは口惜しさにほっと息を吐いた。

「うむ、私もあなたに殺されるのはごめんこうむりたい」

ラインハルトは余裕ある口調で言う。

「あなたのために、そしてあなたの弟のために、なにができるか共に考えよう」

「え？」

「あなたはこのまま、私のそばに侍るがいい。ネッケ国王の思惑通り、私はあなたの色香に溺れたということにすれば、あちらも油断する」

アポロニアは目を丸くする。

「わ、私を逮捕しないのですか？」

「逮捕？　あなたは私の妻になるべくここへ来たのだろう？」

「だ、だって……それは……」

ラインハルトの端整な顔が近づいてくる。

アポロニアは、先ほどの彼の深い口づけや愛撫《あいぶ》の感覚を思い出し、ぞくりと背中が震えた。

「あなたはとても美しく純真で魅力的だ。心の中に秘めた強い意志もある。私は、あなたが気に入った。本当にあなたの色香に溺れそうだ」

彼の少し速い息遣いが顔を擽る。

「あ、あの……」

狼狽《うろた》えていると、ラインハルトの両手が性急にアポロニアの寝巻きを剥《は》ぎ取《と》ってしまった。

「あっ」

「透けるように白いな。やはりあなたは、雪の女神の生まれ変わりのようだ――我が国には、雪の女神の伝説があり、信仰されている。この国の冬を支配する冷たくも美しい雪の女神だ。しかし、雪の女神はこの国を他国の侵略から守る神でもある」

彼の目元が赤く染まり、青い瞳に劣情を宿している獰猛《どうもう》な色が宿った。

身を任せる覚悟はしてきたが、初めての経験にどうしていいかわからない。棒のように固まってしまう。そっと右手首を掴まれ、彼の方に引き寄せられた。

「あ……」

逞しい胸に倒れ込むと、ラインハルトの力強い鼓動がどくんどくんと直に身体に響いてくる。熱い生命力が、自分の華奢な身体にも流れ込んでくるような気がした。

「アポロニア――アポロニア」

ラインハルトが、アポロニアの剥《む》き出《だ》しの二の腕に唇を這《は》わす。その柔らかな感触に、ぴくりと肩が震えた。

と、彼の動きがぴたりと止まった。

「これは？　この無数の痣《あざ》はなんだ？」

ラインハルトの声が不穏な響きを持った。

「あ、これは……っ」

アポロニアは慌てて腕を引いた。腕には長年マリエ王女に受けていた折檻《せっかん》の痕が、無惨に幾つも残っていたのだ。これまではずっと長袖の衣服で覆い隠していた。

アポロニアはうつむいて小声で答えた。

「これは――私が小間使いとして使われていた時に、マリエ王女から受けた折檻の痕です……」

「小間使い――折檻、だと？」

アポロニアはこくんとうなずく。ラインハルトの表情が痛ましげに歪《ゆが》んだ。

「一国の王女のあなたを使用人にするなど。ましてや折檻をするなど、あり得ない。心の底から腹が立つ――可哀想に――」

彼はもう一度アポロニアの腕を取ると、痣のひとつひとつに優しく唇を押し当てていく。

「これは、あなたのこれまで受けた悲しみと苦しみの数だ」

「あ、あ……」

唇が触れた部分から、かあっと妖しい熱が生まれてくる。

「全部、私が消してやろう」

二の腕から唇が這い上ってくる。ラインハルトはアポロニアの耳元で、艶《つや》めいた声でささやいた。

「全部、私が引き受けよう、アポロニア」

「っ……」

熱い息遣いと共に背骨に響くような低い声を耳孔に吹き込まれると、アポロニアはくたくたと腰の力が抜けてしまうような気がした。

第二章　最果ての狼皇帝

ラインハルトの唇が重なってくる。甘やかな唇の感触に、眩暈がした。

「んん……」

唇の力が自然と抜けて、ラインハルトの舌を受け入れてしまう。彼の舌は丹念にアポロニアの口腔内をまさぐった。奥へ逃げ込んだアポロニアの舌先を探り当て、くちゅくちゅと音を立てて擦られると、身体の芯に淫らな疼きが走る。

「んぅ、んふぅ、う……ん」

ラインハルトのなすがままに舌を貪られる。同時に、彼の手がアポロニアの肌に手を這わせる。背中から腰の曲線を辿り、ゆっくりと乳房を揉みしだく。

彼の指先がツンと尖った乳首の周囲を触れるか触れないかの力で撫《な》で回《まわ》し、指の腹で執拗《しつよう》に先端を擦り上げる。

「……は、ぁ、あ……」

むず痒《がゆ》い疼きが先端から下腹部を襲い、うずうずするような焦ったい感覚を生み出す。子宮の奥に溜《た》まるやるせない欲望を持て余し、腰がひとりでにくねってしまう。

「んやぁ、あ、ふぁ……ぁあ、ぁん……」

舌を搦め捕られ、強弱をつけて吸い上げられると、心地よさに頭の中が朦朧《もうろう》としてくる。乳首をやんわりいじられる疼きも耐え難くなり、息が乱れて甘い鼻声が止められなくなる。

長い口づけの果てに、ライハンルトがゆっくりと顔を離す。

アポロニアは涙で潤んだ瞳で彼を見上げた。

「なんという眼差しだ。透明な瞳がダイヤモンドのように七色の光を放って、吸い込まれそうだ」

ラインハルトの息遣いも少し乱れていた。

「雪のように白い乳房に、真っ赤に熟れた蕾が私を誘っている」

彼は両手でアポロニアの双乳を掬い上げて寄せ、そこに顔を埋めた。

硬く凝った乳首はクッと甘噛みされた。

「あっ……いつぅ……っ」

鋭い痛みに腰が跳ねたが、じんじん疼くそれを今度はねっとりと舌で舐め回されると、甘い痺れが背筋を駆け抜けた。

「は、あ、あぁ、あ、だめ……」

初めて知る未知の快感に怯え、アポロニアは身を引こうとした。

だがラインハルトが、片方の乳首を指で弄びながら、もう片方を咥え込み、濡れた舌で転がしては軽く吸い上げるとあまりに気持ちよくて、もうどうしようもなくなってしまった。

「は、はぁあ、や、やぁ、あぁ……」

彼の舌と指がひらめくたびに、びくびくと腰がおののいた。

熱くせつない熱が、下腹部の奥へどんどん溜まっていく。

そしてなぜか媚肉《びにく》がきゅんきゅん収縮して、やるせない疼きはますます大きくなっていく。自分のあらぬところがじわじわうごめいて、アポロニアは堪えきれなくなる。

「……もう、あ、もう、しないで……あ、ぁあん」

拒否の声に、自分でも信じられないような甘い媚びが混じってしまう。股間に集まる恥ずかしい疼きをやり過ごそうと、もじもじと膝を擦り合わせると、きゅんと痺れる快感が生まれ、思わず太腿《ふともも》に力を入れてしまう。

「いい声で囀《さえず》る——そこが感じてきたか？」

ラインハルトはアポロニアの敏感な反応に目を細め、片手をアポロニアの足の間に捩《ね》じ込《こ》んできた。

「あっ……」

両脚を押し開かれ、下穿《したば》きを着けていない秘所が外気に晒されてひくりとおののいた。

ラインハルトの手がゆっくりと太腿の狭間《はざま》に伸びてくる。行き着く先は露わになった秘めたる箇所だ。

「や……」

恥ずかしいのに、なぜかドキドキと淫らな期待をしている自分がいた。

ラインハルトの指先が、薄い若草の茂みを撫でる。それから、割れ目をそっと辿る。

「きゃ……っ」

自分でもまともに触れたこともない部分に触れられて、アポロニアは恐れに身を竦ませる。

乳房に顔を埋めていたラインハルトが顔を上げ、怯えたアポロニアにかすかに笑いかけた。

「怖くない。アポロニア。力を抜いて、私のなすがままに――」

色っぽい声であやされ、アポロニアはわずかに肩の力を抜いた。

ぬるっと男の指先が陰唇を撫でた。なぜかそこが濡れている気がした。

「ひゃうっ……」

変な声が出てしまう。

「濡れているな」

「ぬ、濡れ……?」

聞き返す間もなく、つぷりとラインハルトの指先が綻んだ花弁のあわいに潜り込んできた。

「あっ、あ」

胎内に他人の指が侵入する違和感に、アポロニアは再び身を強張らせる。違和感はあったが、蜜をたたえているせいか痛みはない。

「よく濡れて、熱い」

ラインハルトは小声でつぶやきながら、くちゅくちゅと蜜口の浅瀬を掻《か》き回《まわ》した。

「あ、だめ、あ、そんな、あ、ぁぁ……」

乳首や口づけの刺激で、やるせなく疼いていたそこを撫で回されると、ひどく心地よくて、そう感じる自分に戸惑ってしまう。そして、隘路《あいろ》の奥からとろとろと新たな蜜が溢れてくる。

「いいね、どんどん濡れてくる」

ラインハルトは嬉しげな声を出し、指の腹で蜜を掬い上げると、割れ目の上部に佇《たたず》む小さな突起に塗り込めるように触れてきた。

「ああっ？」

直後、鋭く痛みにも似た快感が走り抜け、アポロニアは背中を弓形に仰《の》け反《ぞ》らせた。アポロニアの顕著な反応に気をよくしたのか、秘玉をぬるぬると優しく転がし続けた。

次々襲ってくる耐え難い快感に、アポロニアは身をくねらせて喘《あえ》いだ。

「あ、あぁ、だめえ、あ、そこ、やあ……っ」

「あなたの小さな蕾がコリコリに凝ってきたよ、ほら、もっと触れてほしいだろう？」

ラインハルトは空いている方の手で、逃げ腰になるアポロニアの背中を引き寄せ、さらに陰核を刺激する。

あまりに感じすぎて怖くなり、もうやめてほしいのに、両足が緩んでさらに開き、腰はもっとして欲しそうに前に突き出してしまう。

「や、あぁ、どうして……あ、だめ、あ、おかしく……ぁあ、あぁあ」

アポロニアはどうしていいか分からず、いやいやと首を振り、ラインハルトの肩に縋《すが》り付《つ》いた。

胎内にどんどん熱い愉悦が溜まり、隘路がきゅうきゅう収斂《しゅうれん》を繰り返し、堪え難い飢えを生み出す。

「やめ、て、あ、やぁ、あ、だめ、あ、だめ、だめに……っ」

身体の奥に溜まった快楽の奔流が逃げ場を失って、子宮内を駆け巡るようだ。その波がどんどん下肢から脳芯に押し寄せてくる。

「だめになっていい、アポロニア、達《い》ってしまえ」

ラインハルトは、真っ赤に染まったアポロニアの薄い耳朶に歯を立て、ぷっくり膨れた花芯を押し潰すように小刻みに揺さぶってきた。

稲妻のような喜悦が脳裏を襲い、真っ白に焼き切った。

「――あー、あ、あぁあぁーっ」

アポロニアは甲高い嬌声《きょうせい》を上げ、がくがくと腰を痙攣《けいれん》させて四肢を強張らせる。

長いような短い快楽の絶頂に、アポロニアは我を忘れる。

「……は、はぁ、はぁ……ぁ……」

やがて全身から力が抜け、アポロニアの全身にどっと汗が吹き出した。

初めて与えられた官能の悦《よろこ》びにぐったりと、ラインハルトの腕に身をもたせかけた。

「初めて達したか」

ラインハルトはアポロニアの汗ばんだ額に絡みついた後毛を優しく掻《か》き上《あ》げ、そこに口づけをした。

まだ股間に止まっていた彼の指が、だらだらと愛蜜を噴き零《こぼ》す淫襞のあわいに潜り込んでくる。

ぬくりと節高な長い指が、隘路の中へ押し入ってきた。

「ひ、あ」

違和感に腰がびくりと浮くが、すっかり濡れそぼったそこはすんなりと男の指を呑《の》み込《こ》んでいく。

「狭いな。だがよく濡れて初々しく締めてくる」

ラインハルトは膣襞の中を探るようにゆっくりと指を押し進める。他人の指が胎内を弄《まさぐ》るなんて、初めての経験でアポロニアは息を詰めた。

「あ、あ、ぁ、奥、まで……」

「少しでも広げてあげよう、二本、挿入《はい》るか」

ラインハルトは中指と人差し指を揃《そろ》え、ゆるゆると膣内を出入りさせた。

「あ、ぁ、ぁああ」

「辛くないか？」

「ん、んん、だ、だいじょうぶ……です」

「そうか、もう少し奥まで挿入る」

彼の指先が子宮口の少し手前あたりの、上辺あたりを突いた。

「あっ？　そこっ……」

違和感と重苦しい快感に、アポロニアはびくんと腰を跳ねさせた。

「ん？　ここか？」

ラインハルトは指を鉤状《かぎ》に曲げて、その部分をそっと押し上げてきた。

「やあっ、だめ、です……っ」

秘玉をなぶられた時の瞬間的な快楽とは違う、ずしりと重く甘い愉悦を感じ、アポロニアはラインハルトの腕から逃れようと身悶《みもだ》えた。

「だめではないだろう？　よい反応だ」

「だって……怖い……」

これ以上そこを刺激されたら自分が自分で無くなりそうな予感に、アポロニアは怯えた。

「初めては怖いか。だが、すぐにこれが病みつきになる、あなたの身体はとても無垢《むく》で感じやすい。私はワクワクする」

「わ、わくわく……？」

「ああ——女性をこんなにも乱れさせたいと思ったことはない」

ラインハルトはぐっぐっと官能の源泉を押し上げ、刺激してきた。

「ひん、ひ、あ、あ、や、あ、あぁあぁっ」

先ほどよりも速い勢いで、先ほどよりももっと熱く喜悦の波が襲ってきた。

「だめ、あ、だめだめ、また、あ、またぁ……っ」

アポロニアは感極まり、目をギュッと瞑り下肢に力を込めた。媚肉がぎゅうぎゅうと強く締まり、ラインハルトの指を喰む。

「……ひ、は、はぁ……は……ぁ」

絶頂の波が去ると、アポロニアは全身をぐたりと弛緩《しかん》させた。ラインハルトが背中を支え、そっとベッドに仰向けに寝かせた。

「……ぁ、あ……」

涙目でラインハルトを見上げる。

ラインハルトはアポロニアの下肢を跨《また》ぐと、ゆっくりと部屋着を脱ぎ始める。ふと、彼は懐に忍ばせてあったアポロニアから奪ったナイフに気がつき、それを取り出した。

「これは、ここに忍ばせておく。もしあなたが私を殺したいと思うのなら、いつでもこれで寝首をかいていい。あなたがそう望むのなら、私は抵抗しないと約束しよう」

彼はそう言うと、アポロニアが頭をもたせかけている枕の下に、ナイフを押し込んだ。

アポロニアは目を見張る。アポロニアに殺されてもいいというのか。

「え……そんな……なぜ……？」

「あなたはそのような愚行を犯さないと信じている。万が一裏切られたら、私があなたを見る目がなかっただけのこと。我が国には、『季節は変えられない。だが冬が終われば必ず春が来る』という言葉がある。未来に希望を持てば、運命はきっと変えられる」

「運命……」

「そうだ。あなたと私が結ばれるのも、運命だったのだ」

ラインハルトが部屋着を脱ぎ捨てた。

「っ……」

鍛え上げられた肉体は、美術品の彫像のように完璧な造形美だ。

生まれて初めて見る男性の全裸姿の美しさに、アポロニアは見惚《みと》れてしまう。

だが、視線が彼の下腹部に下りると、そこにイキリ勃つ欲望の凄《すさ》まじい様相に悲鳴を上げてしまった。

「きゃっ……お、大きい……」

興奮した男性器の禍々《まがまが》しさは、アポロニアの想像していたものの遥《はる》か上をいっていた。

ラインハルトは薄い笑みを浮かべ、己が屹立《きつりつ》を握ってみせた。

「大きいか？」

アポロニアはこくんとうなずく。

「これを、あなたに受け入れてもらう。怖いか？　嫌か？」

アポロニアはこくこくとうなずいた。

ラインハルトは苦笑する。

「素直だな」

「でも……」

アポロニアはか細い声を振り絞る。

「陛下なら……。怖いけれど、嫌ではない、そう思えます」

ナイフを枕の下に押し込み命を差し出すと言ってくれたラインハルトに、アポロニアはぐっと心を掴まれた気がした。

「もとより、命を捨てる覚悟でここまできました。でも、陛下は私の命を救ってくださった。だから、この身も命もあなたに捧《ささ》げてもかまいません」

ラインハルトが真摯な眼差しで見つめてきた。

「その言葉、信じていいか」

「はい……」

アポロニアは身体の力を抜いて目を閉じる。

ラインハルトがアポロニアの両脚の間に自分の右足を差し入れ、左右に大きく開かせた。そこに腰を押し入れてくる。

綻んだ蜜口に、熱く硬い屹立の先端が押しつけられた。熟れた花弁がひくりと反応する。

「あ」

想像以上に熱くみっしりとした質量に、思わず目を開けてしまう。

欲望に潤んだラインハルトの眼差しと視線が絡む。その目の色は、野生的で獰猛でひたすらアポロニアを求めている。ドキドキと心臓が高鳴った。

「挿《い》入れるぞ」

小さく声をかけ、ラインハルトはグッと腰を沈めてきた。

「あ、あ、あ」

狭隘《きょうあい》な入り口を傘の開いた先端がぐぐっと押し広げてくる。限界まで蜜口が押し広げられ、きりきりとした痛みが走る。

「っ、あ、痛……っ」

覚悟はしていたが、鋭い痛みに思わず全身を強張らせてしまった。

「く――力を入れるな、押し出されてしまう。もっと力を脱いてくれ」

ラインハルトが動きを止め、くるおしげに息を吐いた。

「あ、でも、ぁ……」

初めての行為に、アポロニアはどうしていいかわからない。

ラインハルトはわずかに腰を引き、蜜口の浅瀬を亀頭でくちゅくちゅと掻き回した。

「は、ぁ、あぁ……ん」

じわりと心地よさが生まれ、悩ましい鼻声が漏れた。新たな愛蜜が溢れてきて、肉茎が滑らかに動くようになった。

ラインハルトはしばらく慣らしてから、再び奥へ押し入ってくる。

「あ、あぁ、あ、いっぱい……」

内側から異物で胎内を押し広げられる違和感に、アポロニアは目を見開く。

「苦しいか？　少しだけ耐えてくれ」

ラインハルトは動きを止めず、ぬくりと押し入ってくる。

「あ、あぁ、ああ、あ」

恐怖で涙が目尻からポロポロと零れた。

「狭い――だがとても濡れて悦い」

ラインハルトが低い声で呻《うめ》く。こんな無防備な声色を聞くのは初めてで、自分の中で彼が心地よく感じているのだと思うと、なぜか身体中《からだじゅう》がかあっと熱く燃え上がるような気がした。同時に、破瓜《はか》の痛みが徐々に薄れていく。

「あ、あ、ぁ」

痛みは痺れて感じなくなり。太い肉胴がどんどん奥へ挿入っていく。

ふいに、ずん、と一気に根元まで突き入れられ、その衝撃に悲鳴を上げる。

「ひあぁあっ」

「全部挿入ったぞ――」

ラインハルトが大きく息を吐いた。

「ぁ、ぁ、あ……」

胎内をめいっぱい満たしている灼熱《しゃくねつ》が、どくんどくんと脈打っているのが感じられた。浅い呼吸と共に、媚肉がきゅんと締まり無意識に屹立を締め付けてしまう。

「あなたの中、熱くてきつくて、とても心地よい、とても悦い」

ラインハルトはアポロニアの頬に伝う涙を、唇で優しく吸い上げた。そのまま、宥《なだ》めるように顔中に口づけを落としてくる。

その温もりがとても心地よく、破瓜の苦痛も遠のいていくようだ。

「動くぞ、いいか？」

「は、はい……」

ラインハルトの剛直がゆっくりと抜け出ていく。膣襞を巻き込んで引き摺《ひず》り出されるような感覚に、ぞわっと背中がおののいた。カリ首の括《くび》れあたりまで引き抜くと、再びずん、と押し入ってきた。最初よりも容赦ない突きだった。硬い先端が子宮口のあたりまで抉ってくるような勢いに、目の前に火花が散ったような気がした。

「ひんっ……」

「ああ――あなたの中が吸い付いて悦過ぎて、もう歯止めがきかぬ」

ラインハルトの口調に余裕がなくなった。彼は息を乱し、がつがつと腰を打ちつけてきた。

「や、あ、だめ、あ、壊れ……ちゃうっ」

ラインハルトの切先がぷちゅぷちゅと最奥を切り開くみたいに何度も突き上げ、その度に熱い衝撃が弾け、脳芯が真っ白に染まった。

魂まで引《ひ》き摺《ず》り出されそうな揺さぶりに、アポロニアは必死になってラインハルトの背中にしがみついて、無意識に爪を立てていた。

次第に内壁に重苦しい快感が生まれてくる。アポロニアは、破瓜の苦痛から逃れようと、その愉悦を必死に拾い上げようとした。一度その快感を得ると、徐々にそれが大きく膨らんでくる。

「あ、熱い……あぁ、あ、は、はぁ……ぁ」

太い肉竿で擦られる媚壁に、疼痛《とうつう》にも似た熱い疼きと快楽が湧き上がり、胎内が燃え上がるようだ。

「アポロニア、アポロニア」

激しい抽挿を繰り返しながら、ラインハルトが熱を込めて名前を連呼する。

ああ自分の名前はこんなにも甘い響きをしていたのだろうかと、アポロニアは酩酊《めいてい》する頭の中で思う。嬉しくて胸の奥がせつなく締め付けられた。

「は、はぁ、あぁ、はぁぁん、あぁん」

がくがくと腰を揺さぶられるたびに、はしたない声が漏れてしまう。こんな艶めかしい声が出せたのかと、我ながら恥ずかしくてならないのに、止めることができない。

「く、締まる——あなたも悦くなっていたのだな？　もっと感じさせたい、もっと悦くしてやりたい」

ラインハルトは自分の律動に合わせて揺れるアポロニアの豊かな乳房に顔を埋め、痛いくらいに尖り切った乳首を咥え込み、性急に吸い上げた。

じんと強い痺れが下腹部に走り、ぎゅうっとラインハルトの巨根を締め付ける。ありありと卑《ひ》猥《わい》な造形が感じられ、ざわざわと胎内がさざめき、快感はいや増した。

「ひあぁんん、やぁ、あ、あぁん」

男女の睦《むつ》み合《あ》いが、こんなにも激しく熱いものだとは思わなかった。

グルーガー帝国に送られる前に、アポロはネッケ国王が付けた閨の教育係に、男女の性についていくらか知らされていた。だが、下卑た笑いを浮かべた教育係は、性行為は男性のなすがままにさせ男性の欲望が終わるまで、じっと苦痛に耐えているものだと教えた。

だから、アポロニアはもしラインハルトと性行為を成すことになったら、ひたすら我慢しようと思っていた。

だが、ラインハルトとの睦み合いは、ぜんぜん違っていた。

くるおしく情熱的で荒々しく衝撃的で、でも深い悦びがあった。

寝室の中に、肌のぶつかる鈍い音と、愛蜜の弾けるぐちゅぐちゅという卑猥な水音、二人の乱れた呼吸音、そしてアポロニアの甲高い嬌声が響き渡る。

「ああ、アポロニア——終わりそうだ——終わるぞ」

ラインハルトが掠れた声でささやく。そして、アポロニアの両膝の裏に腕を回すと、とんでもない猥りがましい格好にさせた。花弁が無防備に開き切り、結合がさらに深まった。

「や、あ、ああっ」

もうあられもない体位を恥ずかしがっている余裕はなかった。

ラインハルトは深く挿入したまま、闇雲に腰を穿《うが》ってきた。

「やあああっ、あ、あぁ、あぁ、ぁあ、ぁああ」

激しい衝撃と深い快感が途切れなく襲ってきて、繋《つな》がった箇所が一つに溶け合うような錯覚に陥った。

身体の奥から重く熱い愉悦の波が迫《せ》り上《あ》がってくる。

「やぁ、あ、だめ、あ、もう、だめ、あぁ、やめ、て、だめぇっ」

意識が奪われそうになり、アポロニアはいやいやと首を振った。

次の瞬間、何かの限界に押しやられ、びくびくと腰が痙攣した。意識が空白になる。同時に、膣内が搾り取るようにぎゅうっと強く収斂した。

「くっ――出る――っ」

ラインハルトが獣のように呻《うな》った。

彼がぶるりと胴震いしたかと思うと、最奥で欲望がどくどくと脈打った。

そして、なにか熱い奔流が胎内に吐き出される感覚があった。

「……ぁ、あぁ……あ、熱いの……が……ぁあ……」

ラインハルトが欲望の精を放出したのだ。

彼はぴったりと密着したまま、ほうっと深いため息を吐いた。

「は、はぁ――は」

「はぁ……ぁ、はあ……ぁ」

二人はしばらくじっと繋がったまま呼吸を整える。

互いの結合部だけが、快楽の名残を貪るようにひくひくと脈動している。

ラインハルトがゆっくりと身を起こし、アポロニアの両足を解放した。それから、おもむろに腰を引いた。

「あ……んぅ」

淫らな喪失感に思わず声が出た。

ぽかっとラインハルトの欲望の形に広げられた肉うろから、愛液と破瓜した血と男の白濁液の混じったものが掻《か》き出《だ》され、アポロニアの股間をねっとりと濡らす。その生温かい感触に、内腿《うちもも》がぶるっとおののく。

「アポロニア」

ラインハルトが静かに名前を呼び、顔を上げると彼の濡れた瞳と目が合う。ラインハルトの青い目に、上気したアポロニアの顔が小さく映っている。今まで見たこともないような色っぽい表情をしていた。

たった今、胎内がラインハルトに破壊され、新たに彼のために再生されたような気がした。

ラインハルトが覆い被さってきて、そっと唇が重なった。

「ん……ふ……」

アポロニアは目を閉じて、口づけの感触を味わう。

なぜか涙が込み上げてきた。

ラインハルトはその涙を吸い上げ、顔中に口づけを落としてくる。そうしながら、広い胸の中に抱き込まれる。

どくんどくんと少し速く力強い鼓動の音が直に肌に響いてきて、ひどく安心する。

ラインハルトはアポロニアの長く艶やかな髪を撫でながら、耳元で甘くささやいた。

「私だけの雪の女神、美しく気高い南の乙女よ」

これまで、誰かにこんなにも優しく扱われたことはなく、アポロニアは戸惑いながらもなにかから解放されたような自由な気持ちになった。

「陛下……」

小声で呼ぶと、ラインハルトが少し強い口調で言う。

「ラインハルトと呼んでくれ」

アポロニアは頬がかあっと熱くなった。エリク以外の異性を呼びつけにするなんて、したことがない。恥ずかしいような擽ったいような気持ちで、声が震えた。

「ラ、ラインハルト、さま……」

「そうだ、もっと呼んでくれ」

「ラインハルト様」

ラインハルトはアポロニアの髪に顔を埋め、幸福そうにため息をついた。

「もっとだ」

「ラインハルト様、ラインハルト様」

繰り返し呼んでいるうちに、アポロニアの胸にじわっと温かい優しい気持ちが溢れてくる。

「ライン……ハルト……様……」

北端の凶暴な狼王、野蛮で魔術を使う恐ろしい民族の長――そう言い含められて決死の覚悟でここまで来たが、ラインハルトはぜんぜん違っていた。

知的で機知に富み思いやり深い。ネッケ国王やマリエ王女の方が、ずっと冷酷で残忍であった。

まさか最果てのこの国で、こんなにも心安らかになるなんて。

次第に瞼《まぶた》が重くなってくる。

気だるい心地よさにうとうとしているうちに、いつしかアポロニアはラインハルトの腕の中で深い眠りに落ちていった。

熱い。

あたり一面火の海だ。

燃える、燃える。

人も建物も燃えていく。

少女アポロニアは、まだ幼いエリクを抱いた臣下の騎士ディレックに手を取られ、必死で焼け野原になった城下街を逃げていた。

「王女殿下、もう少しです。もう少しで、北の入江です。そこに隠してある船で、島を脱出しましょう」

ディレックは励ますようにアポロニアに声をかける。

だが、彼はギクリとして足を止めた。

行先の道を塞いで、敵兵士たちがずらりと待ち受けていた。十数人はいる。

ディレックは素早くアポロニアの手を引いてがれきの陰に隠れた。彼は抱いていたエリクをアポロニアの腕に手渡す。

「王女殿下、決してここを動いてはなりません。私が敵兵たちを成敗してまいります」

アポロニアは思わずディレックの袖を掴んだ。

「行ってはだめ！　……あんなにおおぜいの敵兵が……」

ディレックはアポロニアを力づけるような笑みを浮かべる。

「王女殿下、王子殿下、どうかご無事で。ダールベルクの誇りを決して忘れないでください！　南の十字星のご加護がありますように！」

ディレックはそう言い残し、腰の剣をスラリと抜くと、大勢の敵兵士に向かって突進していった。彼はたちまち敵兵士たちに取り囲まれた。

「王家付きの騎士だ！」

「王家の生き残りが近くにいるかもしれないぞ！」

剣を撃ち合う鋭い音、肉の裂ける鈍い音、そしてディレックの悲鳴——。

アポロニアはあまりの恐ろしさに目をギュッと瞑り、うずくまってエリクを抱きしめる。野太い敵兵の声が聞こえてきた。

「そいつの息の根を止めてやれ！」

アポロニアは目を開く。命を賭して救おうとしてくれたディレックを見殺しにすることはできない。息を大きく吸うと意を決して、がれきの陰から飛び出した。

「やめて！　私がダールベルク王女です！」

血まみれで倒れているディレックを取り囲んでいた敵兵たちが、いっせいにこちらを振り返った。彼らが剣を構えたまま近づいてくる。

アポロニアは恐怖でぶるぶると全身が震えた。しかし、必死にその場に踏みとどまる。

「こわいよお、あねうえー」

腕の中でエリクが泣き出した。

「泣かないで、エリク、大丈夫よ、姉上が守ってあげますからね」

エリクだけは離すまいと、アポロニアはか細い腕に力を込めた。

敵兵の一人が乱暴に髪の毛を掴んで、乱暴に引き寄せた。激痛にアポロニアは悲鳴を上げた。

「王女と王子か。二人をネッケ国王陛下の下へ連れて行け！」

絶望感で気が遠くなりそうだった。

最後にディレックが叫んだ言葉が、胸の奥に深く刻み込まれていた。

「ダールベルクの誇りを決して忘れないでください」


過去の悪夢で目が覚めた。

「エリク――」

弟の名を呼ぼうとして、ハッと気がつく。

泥のように眠りこけていて、一瞬ここがどこだかわからなかったのだ。

ラインハルトの腕の中に抱かれていた。

枕元のオイルランプの灯りは消えかけていて、天蓋幕を下ろしたベッドの中は薄暗く、まだ夜明け前の時間のようだ。

下腹部に重い違和感があった。まだ丸太のようなものが挟まっているような感じだ。昨夜の生々しい行為が思い出され、一人で赤面してしまう。

二人は全裸のまま抱き合って眠っていたらしい。

アポロニアの髪に顔を埋めるようにして、ラインハルトは安らかな寝息を立てている。長い睫毛が彫りの深い顔に陰影を落として、ぞくぞくするほど美しい。

思わずぶしつけに見惚れてしまいそうになる。

ずっと腕枕をしていては重いだろうと、そろそろと頭を動かした。枕の下にごろっと硬質なものがある感触がした。

「ぁ――」

そろそろと枕の下に右手を差し入れると、ナイフの柄に触れた。ゆっくりとナイフを取り出す。

アポロニアはドキドキしながらナイフを見つめた。

今なら――この男を殺《や》れるかもしれない。

もしかしたら、彼を暗殺しさえすれば、エリクの命だけは助けてくれるかもしれない。

いや、あの冷酷なネッケ国王がそんな甘い約束を果たすわけはない。

ラインハルトとネッケ国王、どちらが正しいのか。それとも、二人とも純粋なアポロニアを騙しているのだろうか。

胸の中で相反する感情がせめぎ合う。

「殺らないのか？」

ふいに耳元で声をかけられ、きゃっと悲鳴を上げてナイフを取り落としてしまった。

ラインハルトがぱっちり目を開いて、まっすぐこちらを見ていた。

「あ……起きてらっしゃったのですか？」

アポロニアは顔を真っ赤にしてうろたえた。

「私は常に眠りが浅い。あなたが身じろぎしたので、すぐに目が覚めたよ」

ラインハルトは腕を伸ばし、シーツの上に落ちたナイフを取る。それをアポロニアに差し出した。彼はとても落ち着いていた。

「言っただろう。あなたのすることを止めはしないと。それであなたの心が救われるのなら、好きにするといい。私は――」

彼の目尻に笑い皺が寄った。

「あなたに、夢のような一夜を過ごさせてもらったからな。心残りはない」

「う……」

その笑顔は反則だ。心臓がきゅんと甘く高鳴った。おそらく彼は、非力なアポロニアになど殺されない自信があるからこそ、そんなことを言うのだろう。

それを差し引いても、こんなにも誠実に向き合ってくれるラインハルトに対し、恨みや憎しみの感情を持つことはとてもできなかった。

アポロニアは首を横に振る。

「できません……」

「そうか。もう、これは不要だな」

ラインハルトはナイフを無造作に床に落とした。

「では、今度は私があなたを襲う番だな」

やにわにのしかかられ、そのまま性交に突入しそうな勢いに、アポロニアは慌てて言葉を繋いだ。

「あなたを――ラインハルト様を信じます」

澄んだ瞳で見上げる。

「一年、あなたのおそばにいて、弟を救う道を探りたいです。どうか力を貸してください」

「っ――」

ラインハルトがなぜか顔を顰める。

「それほど、弟君が大事か？」

「たった一人の身内です――両親も親族も殺され、民たちは捕虜か難民となり、国は奪われました。私にはもう、エリクしかいないのです」

「そうか。そうだな」

ラインハルトはゆっくりとアポロニアの横にごろんと仰向けになった。そして、再びアポロニアの頭の下に腕を通し、腕枕をする。

「まだ日も昇らない。せっかく目覚めたのだ。あなたの祖国の話をしてくれないか？」

「私の？」

「南国と聞いた。我が国は暗く陰鬱で寒い季節が続く。常夏の国というのは、とても興味がある」

「ダールベルク国の話を？」

「聞きたい」

「――わかりました」

祖国のことを思い出すのは悲しくて、ネッケ王国に捕らわれている間は、なるべく思い出さないようにしていた。幸せな記憶は、今の悲惨な現実をよけいに辛くするだけだと思っていた。

だがこうしてラインハルトに身をもたせかけていると、なぜかかつてないほど心が休まり、素直になれた。

アポロニアはゆっくりと話し始める。

「私の生まれたダールベルク王国は、人口五万にも満たない小さな島国でした。でも、気候は温暖で太陽は常に輝き海は美しく色とりどりの花々が咲き乱れ、民たちは裕福ではないけれど穏やかで幸せに暮らしていたのです……」

アポロニアは小一時間ほど、頭に思い浮かぶ祖国の風物をぽつりぽつりと語った。

ラインハルトはじっと耳を傾け、時折口を挟む。

「冬でも暖房をしないのか。信じられぬな」

「その、バナナとかマンゴーとかいう甘い果物はそこらじゅうに生えているのか。皆が自由に取って食べていいとは。羨ましいぞ。一度食べてみたいものだ」

「海水浴だと？　海で泳いで凍え死なないなどあり得ない。なに？　子どもでも泳ぐのか？　我が国では、軍人しか水泳訓練はせぬぞ。あなたの国の民は、全員軍人になれるな」

ラインハルトの好奇心に満ちた素直な感想に、アポロニアはついくすくすと笑いを漏らしてしまった。アポロニアが楽しげに笑うと、ラインハルトは目を細めて心から嬉しそうな顔をした。

「南国の花は見たことはないが、きっと今のあなたの笑顔のように艶やかで可憐なのだろうな。いつもそんなふうに笑ってくれたら、男心はひとたまりもないだろう」

「え……」

急に褒められて、アポロニアはドギマギしてしまった。頬に血が上るのがわかった。

「か、からかわないで、ください」

ラインハルトは身を寄せてアポロニアの額に口づけした。

「私はいつでも大真面目だぞ」

そんな真剣な目で見ないでほしい。脈動が速まり息が詰まりそうになる。

「長く語らせてすまなかった。疲れたろう。もうひと眠りしなさい。私はそろそろ起床する」

ラインハルトが起き上がり、全裸のままベッドから降りる。引き締まった背中や尻の線に、アポロニアはつい見惚れてしまう。

「あっ、いけないっ」

ふいに思い出したことがあり、アポロニアは慌てて起きようとして、筋肉があちこち軋《きし》むように痛み、顔を顰める。

「いたた……」

「どうした？　無理せず寝ていろ」

ラインハルトが慌てて踵を返し、アポロニアの背中を支えた。

「星が……」

「星だと？」

「まだ、星は見えますか？」

「夜明け前だ、見えるだろうが――」

「星に祈らないと――エリクと、弟と約束したの。毎晩互いのことを星に祈ろうと」

アポロニアはラインハルトの腕に縋《すが》るようにして、ベッドから下りようとした。

「待ちなさい、そのままでは」

ラインハルトは急ぎ足で隣室に行くと、自分は部屋着を羽織り手に大きな毛織りのガウンを持って戻ると、それでアポロニアをくるんだ。そして、軽々と横抱きにした。

「あっ」

急に身体が宙に浮いたので、とっさにラインハルトの首にしがみついてしまった。

「昨日は、その――あなたにずいぶん無理をさせてしまった。ベランダまで、私が連れて行こう」

ラインハルトが目元をわずかに染めて言う。初夜の激しい行為のことを言っているのだ。アポロニアも赤面してしまう。

「あ……お願いします」

ラインハルトはアポロニアを抱いたまま寝室の窓際に向かった。そして、片手でどっしりとしたカーテンを引く。

大きな窓の外は、まだ薄暗かった。

「初夏とはいえ、夜明けは冷える」

ラインハルトが観音開きの窓を押し開くと、さっと冷風が顔をなぶった。

この国の空気は乾いて人を寄せ付けないような清冽《せいれつ》な鋭さがある。湿気を含みまったりと包み込むような祖国の空気とは、まるで違っている。

その先は広いベランダになっていた。

ラインハルトはベランダの手すりぎりぎりまで来ると、アポロニアに顎で天空を指す。

「そら、星が出ている」

アポロニアは天を仰ぎ、南の十字星を探した。降るような星空だ。

「？」

ぐるりと暗黒色の空を見回す。

「え？」

見たこともない星の配置だ。祖国のどこからでもくっきりと見えた南の十字星は、影も形もない。

「うそ……！」

狼狽《ろうばい》して声が震えた。アポロニアのただならぬ様子に、ラインハルトは気遣わしげに顔を覗《のぞ》き込《こ》む。

「どうした？」

「知っている星座がひとつもないの。見たこともない星ばかり。そんなはずは……！」

ラインハルトは天を見上げ、考え深そうにつぶやいた。

「ああ、そうか――南と北では、見える星が違うのだろう」

「……そんな」

星の位置まで違うのか。

つくづく、遠く最果てに来てしまったと実感した。

「エリクと約束したのに……毎晩、『希望の星』に互いの無事を祈ろうと……」

しょんぼりと肩を落とすアポロニアを、ラインハルトは痛ましげに見つめていた。ふいに彼は、左手だけでアポロニアを抱きかかえると、右腕で天空の一点を指差した。

「あそこの北の一等星が見えるか？」

アポロニアは顔を上げ、彼が指差す方向を見た。ひときわ明るく輝く大きな星が光っていた。

「はい」

「あの星は我が国では『希望』と名付けられている。星に罪はない。あれに祈りを捧げても、きっと天は受け入れてくださるだろう」

アポロニアはラインハルトの優しい気遣いに心が高揚してきた。

「そうですね。空はどこまでも繋がっているのですもの。祈りは届きますね」

アポロニアは胸の前で両手を組み、目を閉じた。

口の中で祖国の祈りの言葉をつぶやく。

「エリ《エリクに》　ノバル《幸せが》　エリク《来ますように》」

すると、ラインハルトが見事な発音でアポロニアの言葉を口まねした。

「エリ《アポロニアに》　ノバル《幸せが》　アポロニア《来ますように》」

アポロニアは、ドキンと心臓が跳ねて目を開く。

ラインハルトが祈るように目を閉じて顔を伏せている。彼はすっと瞼を上げると、にこりとした。

「今の発音で、合っているかな？」

「は、はい……」

「これからは、私も一緒に祈ろう。私はあなたのために、祈る」

「――ラインハルト様」

胸がいっぱいになった。潤んだ瞳で見つめると、ラインハルトは照れくさそうに目を背けた。それが初々しい少年のような表情で、アポロニアは彼の意外な一面をまた知ることになった。

「もう部屋に戻ろう。風邪を引いてしまう」

ラインハルトはアポロニアを抱いたまま寝室へ戻った。

「きゃ……」

ベッドのそばに巨大な白い狼が座っていた。どこから入ってきたのだろう。怯えてラインハルトにしがみついてしまう。

「驚かせるな、アーマ」

ラインハルトはアポロニアの背中を軽くぽんぽんと叩いた。

「心配ない。私の使い魔の幻獣だ。彼は私の命令には忠実だ。幻獣はどこでもすり抜けて入って来られるんだ」

ラインハルトがアポロニアをそっとベッドの上に下ろす。アーマが長い鼻面を伸ばし、ふんふ

んとアポロニアの匂いを嗅いだ。熱い鼻息と鋭い黄色い目、口元からのぞく尖った牙を見て、アポロニアは身を固くした。

「噛んだりせぬ。アーマ、あまりしつこくするな」

ラインハルトがアーマの頭に触れた。とたんに、ラインハルトは耳まで血を上らせた。

「っ——余計なことを言うな、アーマ」

アポロニアは不思議に思ってラインハルトの顔を見上げる。ラインハルトはまだ赤い顔をしていた。

「使い魔とは心で会話をすることができるんだ。だが——」

「アーマは何を言ったんですか？」

ラインハルトは顔を背けて小声でぼそりと言う。耳まで赤く染まっている。

「教えない」

「まあ」

そこへアーマが、甘えるようにアポロニアの右手の甲に鼻面を押し付けてきた。害をなさないとわかったので、アポロニアはアーマのふさふさしたたてがみにそっと触れてみた。

「ふわふわしているわ」

手触りがとてもよい。アーマは目を細め、嬉しげに撫でられている。

ラインハルトが目を丸くした。

「これは驚いた。アーマが私以外の人間に触れることを許すとは」

ラインハルトがアーマの背中に触れる。

突然、アポロニアの脳に直にアーマの声が聞こえてきた。

（アナタハ、カレヲカエルウンメイノヒトダ）

「えっ？　運命？　そう言ったの？」

思わず声に出してしまう。

ラインハルトが口をぽかんと開ける。

「あなたはアーマの声が聞こえるのか？　魔術使いの民族でもないのに？」

アーマが悪戯っぽくラインハルトを見た。

ラインハルトはハッとしてアーマの背中から手を離した。とたんに、アーマの気配はアポロニアの脳裏から消え去った。

「この悪戯ものめ、私を媒体にしてアポロニアの心に話しかけたな？」

ラインハルトは声を荒らげたが、アーマはしれっとした顔で太い尾をぶんぶん振った。そして、そのまま悠々と歩き去り、扉をすうっと抜けて姿を消してしまった。

「あいつめ――」

「ふ、ふふっ」

ラインハルトが苦々しげにつぶやく。

アポロニアは思わず吹き出してしまった。

「皇帝陛下も幻獣相手には、かたなしなのですね――でも、仲がよろしいわ」

ラインハルトはむすっとした顔で答える。

「あいつは二百歳だ。だから、私より偉そうにするんだ」

「二百……！　幻獣は長生きなのですか？」

「種族によるが、大抵は長命だ。彼らは気まぐれに魔術使いの人間を相方に選び、生涯を共にしてくれる。私は五歳の時にアーマに選ばれ、それ以来ずっと一緒に過ごしている。私の唯一の友人だ」

「唯一……」

「人間は信用ならない。言葉があっても少しも心が通じぬ」

「……」

アポロニアはラインハルトの端整な横顔に、深い孤独の影を見た。

彼も波乱の人生を送ってきたのかもしれない。

それを知りたい、となぜかアポロニアは強く思ってしまう。

自分こそ暗殺者としてラインハルトの命を狙ったのに——彼に心から信用されるわけもないのに。

「ところで、アーマはあなたになんと言ったのだ？」

ラインハルトが探るような顔をしてきた。その仕草が、はにかんだ少年みたいだ。

アポロニアはなんだか彼をからかってみたくなる。先ほどの仕返しをしたくなったのだ。

「教えません」

「な──？」

ラインハルトが口を半開きにした。見るからに楚々《そそ》として頼りなげなアポロニアが、気の強いところをみせたのが意外だったのかもしれない。だが、幼い頃から辛酸を舐めてきたアポロニアは、ほんとうは芯が強い性格なのだ。

「先にラインハルト様が、アーマになにを聞いたのか教えてくだされば、私も答えます」

「私相手に取引しようとは──意外に骨のある女だな、あなたは」

「これでも元王女ですから」

「む──教えぬ、教えない。絶対に教えぬからな」

まるで駄々《だだ》っ子《こ》のように口を尖らせて言い張るラインハルトを、アポロニアは可愛い、と思った。冷酷で野蛮な最果ての皇帝という噂《うわさ》はぜんぜん当たっていない。

知的で冷静で機知に富み思いやり深い──でも、時々少年みたいにムキになったり無邪気に振るまう面もあり、その落差に心臓がきゅんきゅん甘く痺れてしまう。

惹かれていく。

だが、この男に溺れてはいけない──頭の隅でかすかな警告が聞こえる。

エリクを救うためだ。どうにかして、憎いネッケ国王の鼻を明かし、愛《いと》しい弟を救い出したい。そのためには、この最果ての皇帝の協力がなんとしても必要なのだ。

突然、扉をすり抜けて一羽の金色に輝く小鳥が飛び込んできた。

「ええと、いちゃいちゃ中に誠に失礼ですが。陛下、そろそろお目覚めになりませんと、朝の軍事教練に遅刻しちゃいますよー」

小鳥が少年の声でペラペラ喋《しゃべ》ったので、アポロニアは目をぱちぱちさせた。これも使い魔の幻獣なのだろうか。

ラインハルトがことさら大声で答えた。

「いちゃいちゃなどしていない。ガルバン、もう起きている。朝食を用意しろ」

「もう支度してありますよ。ご令嬢の分もばっちりです。どうぞ、ご令嬢はお食事部屋までおいでください」

金色の小鳥は素早く寝室から出ていった。

ラインハルトは床に落ちていたアポロニアの寝巻きを拾い上げると、差し出した。

「私は教練に出る。あなたはまずは食事をしなさい。昨夜から何も食べていないだろう。居間を通り抜けた先が、私専用の食事部屋だ。その後、あなたはいったん貴賓室で休むといい。あなた付きの侍女を選んで寄越すから、身の回りのことはなんでも命令していい。湯浴《ゆあ》みや着替えや午睡など、ゆっくりと好きに過ごせ」

「はい……ラインハルト様は、お食事は？」

「私は着替えをしながらチーズでも齧《かじ》るからいい。いつも食事は三分で済ますことにしている」

アポロニアは目を丸くした。一国の皇帝が、立ち食いで食事を済ますのか。

エリクとは、貧しい食事でも二人で語らいながら嗜《たしな》むことを常としてきた。誰かと食卓を共にするのは、とても心和むひとときだった。

「ではまた夜に」

ラインハルトはドアノブに手をかけた。

「あの……お願いが」

アポロニアは慌てて声をかける。ラインハルトが肩越しに振り返る。

「なんだ？　なんでも望むものを言っていいぞ」

「一緒に朝食を摂りませんか？」

「私と？」

「はい、お時間がないなら仕方ありません――でも」

アポロニアは懇願するようにラインハルトを見つめた。

「一人では味気ないです」

「っ――」

ラインハルトが短く息を吐いた。彼は軽く咳払いして返答する。

「わかった。あなたはこの国に来たばかりだしな。心細かろう」

「よかった」

アポロニアがにっこりすると、ラインハルトがぼそっとつぶやく。

「――その宝石色の瞳で見つめるのは、ずるいぞ」

「え？」

「なんでもない、では寝巻きのままで良いので、食事部屋に行こう」

ラインハルトに手を取られて、居間から続きの部屋の食事部屋に入る。後ろから、音もなくアーマが付き従った。清潔な白いテーブルクロスをかけた小さな食卓があり、一人分の銀食器が並んでいた。

テーブルの横に、一人のひょろりとした少年がウェイター姿で立っていた。彼の肩に、先ほど寝室に入ってきた金色の小鳥が止まっていた。彼の使い魔だったのだ。

彼は二人の姿を見るとギョッとしたように表情を変える。

「うえっ？　陛下も？　ですか？」

一方で、アポロニアも少年の顔を見て愕然とした。

薄いプラチナブロンドに薄い色の瞳、整った顔立ち——弟に瓜二《うりふた》つだったのだ。

「エリク——？」

ラインハルトは動揺したアポロニアから少年に視線を移し、察したようだ。

「アポロニア、彼は私付きの侍従で、ガルバンと言う。彼は弟君に似ているのか？」

アポロニアはほっと息を吐き出した。他人の空似だったか。

「ちょっとびっくりしました。エリクとよく似ていて」

「ええ？　僕、ご令嬢の弟さんに似てるんですか？　なんか照れちゃうな」

ガルバンが顔を頭を掻《か》く。ひょうきんで軽口なところは、まったく似ていない。

「ガルバン、無駄口を叩いていないで、さっさともう一人分の食卓を作れ。私も一緒に食事をする」

「マジですか？　陛下が椅子に座って食事するなんて、天変地異の前触れですか？」

「早くしろ！」

ラインハルトが少し苛立たしげに声を上げると、

「只今《ただいま》！」

ガルバンが奥へすっ飛んで行った。その後を、チチチと忙しく鳴きながら小鳥が付き従う。

「まったく。口の悪い侍従ですまない。あれで、とても気の利く有能な少年なのだよ」

ラインハルトは、アポロニアの後ろに回り、すっと椅子を引いてくれた。こんなふうに淑女として扱われるのはもの心ついてから初めてのことで、それだけでなんとも言えない喜びを感じる。

「あの子——ガルバンも幻獣使いなのですね」

ラインハルトはアポロニアの向かいに腰を下ろした。

「そうだ。使い魔のハチドリは、遠くからでもガルバンの声を届けることができるのだ」

ガルバンは食事を載せたワゴンを押して、すぐに戻ってきた。

「厨房でも大騒ぎですよ。陛下が食卓で食事するって言うから。この世の終わりと、祈りを唱え始めた者までいました」

彼は相変わらず軽口を叩きながらも、テキパキと二人の前に食器を並べ、配膳をした。

ほかほかと湯気の立ってるスープから美味《おい》しそうな匂いが立つ。じゃがいものポタージュのようだ。

「いただきます」

銀の匙《さじ》で一口掬《すく》って口に含むと、豊かなコクと味わいに目を瞠《みは》る。

「じゃがいもがとても甘くて美味しい。こんな美味しいじゃがいもは初めて食べました」

アポロニアは夢中になって手を動かした。

彼女の健啖《けんたん》な様子を、ラインハルトは目を細めて見ている。

「我が国の土地は痩せていて農産物には不向きなのだが、寒さに強いじゃがいもだけは豊富に生産できるのだ。だからじゃがいもが民たちの主食と言っても過言ではない」

「ほんとうに、いくらでも食べられます」

「おかげで、中央の国々から『田舎の貧乏イモ帝国』と揶揄《やゆ》されてきたがな」

「そんな、ひどいわ」

「父の代には、極寒の冬にはじゃがいもすら手に入らず、多数の餓死者が出たものだ」

「まあ……」

「なに、今にそれも過去の話になる。この国の半分を覆っている永久凍土の下から、無尽蔵と言っていいくらいの石炭や鉱物が採掘されるようになったからな。我が国の強みは、資源を大量に有していることだ。産業に工業――伸び代はいくらでもある。私はこの国をさらに発展させ、国民の生活を豊かにさせたい」

アポロニアはラインハルトが目を輝かせて自国の未来を語る姿に、胸を打たれた。

国の頂点に立つ王者が心から民たちの幸せを考えている姿は、我欲に走り贅沢三昧《ぜいたくざんまい》の暮らしを謳歌《おうか》しているネッケ国王一家とは雲泥の差だ。ネッケ国王がグルーガー帝国侵略を目論《もくろ》んでいるのも、この国の資源を占領し王家だけがさらに豪奢《ごうしゃ》な生活をしたいがためなのだ。

今は亡き父国王も、常に民たちの幸福を望んでいた。幼いアポロニアにとって、父国王は理想の為政者であった。ラインハルトと重なる部分が多い。

アポロニアはラインハルトの話に熱心に相槌《あいづち》を打ちながら、たっぷりと朝食を摂った。

「ええ、こほん。陛下、そろそろ教練場に行かないと、兵士たちが寒風の中で整列したまま、風邪を引いてしまいますよー」

ラインハルトの背後で、ガルバンが遠慮がちに声をかけた。

「なに？」

ラインハルトは驚いたように、壁に掛かっていた振り子時計を見遣《みや》った。彼はすっくと立ち上がる。

「いかん！　五分過ぎているではないか！　なぜ教えない！」

ラインハルトはガルバンを睨《にら》んだ。ガルバンはしれっと答える。

「だって、お話が弾んでいるようなので、邪魔しちゃ悪いかなって。心配ご無用。兵士たちには、陛下が美人とお食事中でお話が盛り上がっているから遅れると、知らせてあります。皆、納得してくれました」

ラインハルトが目元を赤く染める。

「余計なことを——三分で支度して教練場に向かう。馬の支度をさせておけ」

「馬はとっくに馬具を付けて、教練場の入り口に待機してます。お着替えは、隣室に侍従たちが準備してます。僕って有能な侍従ですよね」

ガルバンを無言で睨みながら、ラインハルトは足早に隣室に向かおうとした。途中で彼はくるりと踵を返し、アポロニアの側に戻ってきた。

「先に失礼する。あなたはゆっくり食事を続けてくれ。ガルバンを置いていく。必要なことは、あいつになんでも聞くといい」

「かまいません、ラインハルト様、お急ぎくださいな」

「うん」

答えながら、ラインハルトはアポロニアの額に軽く口づけした。

「行ってくる」

二度、三度、彼は名残惜しげに口づけを繰り返す。アポロニアは背後でガルバンがガン見しているので、恥ずかしくて仕方ない。

「陛下ー」

ガルバンが焦《じ》れたような声を出した。

ラインハルトはぱっと身を離すと、素早く身を翻した。

「晩餐《ばんさん》もここでアポロニアと摂る。料理長に、この国の特別料理ばかりで献立を考えさせておけ」

「ええー？　晩餐も座ってお摂りになるんですかあ？」

揶揄うようなガルバンに、ラインハルトは強い口調で答えた。

「当然だ。これからずっと、食事はきちんと摂ることに決めた——無論、健康のためだ」

そう言い放つと、ラインハルトは風のような速さで隣室に姿を消した。食事室の隅で伏せていたアーマが、音もなく立ち上がりその後に続いていく。

扉が閉まると、ガルバンが大袈裟にため息をついた。

「ん、もう、陛下は素直じゃないからなあ」

ガルバンはアポロニアを振り返り、気さくに笑いかける。

「ということで、ご令嬢、僕になんなりとご用命くださいね」

アポロニアはまるでエリクに話しかけられているようで、心が和む。

「アポロニアでいいわ。よろしくね、ガルバン」

「よろしくお願いしまーす。アポロニア様」

ふいにガルバンの肩に止まっていたハチドリが、ガルバンの声色で喋った。

アポロニアは思わず吹き出してしまう。

「ふふっ……」

声を出して笑うなんて、久しぶりだ。

あんなに落胆し決死の覚悟でこの最果ての帝国に来たのに、こんなにも解放された気持ちになるなんて思いもしなかった。

食後、ガルバンの案内でアポロニアはラインハルトの私室の真下の階にある貴賓室へ通された。

質実で簡素なラインハルトの部屋とは違い、貴賓室は高い天井にクリスタルのシャンデリアが取り付けられ、花模様を散らした美しいクリーム色の壁紙に趣味の良い絵画が飾られ、調度品は象嵌《ぞうがん》細工を施した高価なものばかり、大きな大理石の暖炉、高い窓にかけられたカーテンはどっしりとした毛織の高級品だ。ネッケ王国の贅を尽くしたマリエの部屋に比べるべくもないが、グルーガー帝国が決して貧しい田舎国ではないと実感した。

貴賓室の控えの間では、ネッケ王国から同伴してきた、腰の曲がった高齢の侍女が控えていた。確かヨハンナといった。

「おかえりなさいませ、お嬢様」

深く頭を下げながら、ヨハンナは上目遣いでアポロニアを盗み見る。

「そのご様子では、狼王と無事同衾《どうきん》を果たされたのですね。まずは事がうまく運びました」

アポロニアは、皺だらけの顔に隠れた老婆の眼光の鋭さにドキリとした。ヨハンナは、ネッケ国王が付けた唯一の侍女だ。道中はずっと無口で黙々と仕えていてくれたが、とても義務的であった。中央の都会の国から最果ての北国に同行することに、内心不満があったのかもしれない。

「お待たせしましたー。ご令嬢付きの侍女たちを連れてきましたよー」

ガルバンが明るい声で控えの間に入ってきた。老婆は目の光を消し、無言で部屋の隅に控えた。

ガルバンの後から、ぞろぞろと清潔なお仕着せに身を包んだ侍女たちが数名入ってきた。

「本日より、王命によりあなた様にお仕えいたします。よろしくお願いします」

侍女たちは礼儀正しくにこやかに挨拶した。礼儀も教育も行き届いている侍女たちの姿に、アポロニアはホッとする。

「あの——まずは湯浴みをしたいのですが。お手伝いをお願いできますか？」

すると、控えていたヨハンナが前に進み出てきた。

「それは私が――」

すかさずというように、ガルバンが口を挟んだ。

「いいえ、この国に入られたのですから、この国のしきたりに従っていただきます。アポロニア様は陛下のおそばにお仕えになる身です。今後アポロニア様は、陛下が指名した侍女たちが優先的にお世話しますからね」

彼はぴしりとヨハンナに告げた。ヨハンナは忌々しげにガルバンを睨んだが、無言で引き下がった。

「それじゃ、僕はこれでも男性ですから、下がらせていただきますね。なにかあったら、僕の幻獣トッティーを寄越します。ごゆっくりー」

ガルバンは肩に留まっているハチドリを指差し、笑顔を浮かべて退出した。

その後アポロニアは、グルーガー帝国の侍女たちに介助され、代理石仕立ての豪華な浴室へ案内され、惜しげもなく湯を使い高級な花の香りのシャボンで全身をくまなく清められた。

小柄なアポロニアなら泳げそうなくらい広い浴槽で、ゆったりと足を伸ばして湯に浸《つ》かる。

「ふう……いい気持ち」

ネッケ王国の虜囚になってからは、一度も湯浴みをさせてもらえなかった。水桶《みずおけ》に一杯だけ湯をもらい、それを使ってエリクと二人で交代で身体の清拭《せいしき》をしていたのだ。

長年溜まった全身の疲労感がみるみる抜けていく。

しかしすぐに、エリクを一人で人質として敵国へ置いてきてしまったことが、心に重くのしかかってきた。

「エリク……今頃一人ぼっちでさぞ心細いでしょうね」

ラインハルトは一年の間に、エリクを救い出す手立てを考えようと言ってくれた。が、考えたら、ラインハルトが亡国の王女や王子に力を貸すいわれはないのだ。

貢ぎ物兼暗殺者として送り込まれたアポロニアを、ラインハルトはなぜか気に入ってくれたようではある。しかし、それは異国の王女という物珍しさなのだろうか。

国力を興すことに力を注いでいるラインハルトが、なんの益にもならないことに尽力してくれる理由がわからない。

アポロニアは、昨夜激しく求められたことを思い出す。まだ下腹部に残る生々しい官能の余韻に、背中が震えた。

もしかして——肉欲か。

ラインハルトは若い女体に興味があるだけかもしれない。

ネッケ国王には色香で溺れさせろと命令された。

もし、ラインハルトがアポロニアの肉体に魅せられたというのなら——それを差し出す以外、ラインハルトと取引する材料はない。まるで娼婦《しょうふ》のようだ、と苦いものが込み上げてくる。だが、どうせ一度は捨てた命だ。エリクを救うためなら、どんな屈辱でも耐える覚悟だった。

湯浴み後、新品の絹のドレスに着替えさせてもらい、アポロニアはソファにもたれてゆったりと過ごすことにした。これからどうするか、あれこれ頭の中で考える。

壁際にひっそりとヨハンナが佇んでいる。ちょっと彼女の視線が気になる。しかし、昨日の初夜の疲れが出たのか、うとうとソファの肘置きに顔をもたせかけて微睡《まどろ》んでしまう。

夕刻、扉をすり抜けてトッティーが飛び込んできた。小さなハチドリは、パタパタとアポロニアの顔の周りを飛び回った。

「起床！　起床！　アポロニア様、起きてくださいー、晩餐のお時間ですよ、陛下がもうそこに来て――」

トッティーが言い終わらないうちに、居間の扉がドンドンと勢いよくノックされ、返事を待たずして扉が開かれラインハルトが現れた。

まだ寝ぼけまなこだったアポロニアは、きゃっと悲鳴を上げてソファから飛び起きる。

「あ、陛下？」

ラインハルトは濃紺の軍服風の執務服姿で、キリリとしてひときわ格好《かっこ》いい。背後にアーマが影のように付き添っている。

「晩餐の誘いに来たぞ。早く一緒に食べよう」

少し性急な口調は、これまでずっと食事を三分で済ませていた人物とも思えない。それほどお腹《なか》が空いてしまったのかもしれない。

「あ、はい」

慌てて立ちあがろうとすると、ラインハルトがスマートな仕草で手を貸してくれる。こういうマナーがとても自然で、野蛮で田舎者の国王などという風評はとんでもない間違いだと実感する。

すると、壁際に待機していたヨハンナがアポロニアにすり寄ってきた。

「お供いたします」

アーマがわずかに毛を逆立て、ヨハンナに向かって喉の奥でグルルと低く唸る。

ラインハルトがちらりとヨハンナを見る。その視線は冷ややかだった。

「私のプライベートな時間に、他の者は介入するな」

アポロニアは慌ててラインハルトをなだめる。

「ラインハルト様、彼女はネッケ王国からたった一人、私の侍女としてやってきたのです。さぞや心細いでしょう。どうか、彼女の仕事を奪わないであげてください」

ヨハンナは顔を振り向けた。アポロニアのことを見直したようにかすかに表情が動いた。

ラインハルトはまだ難しい顔をしていたが、

「あなたがそこまで言うのなら、食事部屋のドア前までなら許す」

と、低い声で許可した。

ヨハンナは低く頭を下げる。

ラインハルトに導かれ、一階上にある彼のプライベートエリアに入った。

ドアの前にヨハンナを残し、二人でラインハルトの私室へ入る。

朝食を摂った食事部屋には、すっかり晩餐の用意が調っていた。部屋の灯りは落としてあり、食卓に置かれた銀の燭台だけが明々と点《とも》り、とても落ち着いた雰囲気を醸し出している。

ラインハルトはアポロニアの椅子を引いて座らせると、向かいの席に腰を下ろした。今朝と同じ仕草だが、ずっとこうして彼と向かい合わせで食事をしていたと錯覚してしまいそうなくらい馴染《なじ》んでいる。

アーマは暖炉の前に伏せた。前足の顎を乗せて寛《くつろ》いでいるように見えるが、金色の目は油断なく部屋の中を見回してた。ラインハルトは最強の護衛だと言っていたが、まさにその通りだ。

ガルバンがウェイター姿で現れ、芝居掛かったお辞儀をする。

「ようこそ、お二方。さて、今晩のメニューは、前菜がキャビアのカナッペ、ビーツのスープ、シロマスのピィリ、大エビと紅サーモンのパイ包み焼き、子羊のバハ、デザートはにんじんのケーキにジャム入り紅茶、となっております」

どのメニューも聞いたこともない名前ばかりだ。

「よい取り合わせだ」

ラインハルトは満足そうにうなずく。

「えへへ、でしょ？　アポロニア様に喜んでもらえるよう、我が国の名物料理を取《と》り揃《そろ》えました」

ラインハルトがかすかに不快そうに片眉を上げた。

「ガルバン、彼女の名前を呼ぶのは、少し馴《な》れ馴《な》れしすぎないか？」

「えー、そうですかー？」

またガルバンが叱られそうで、アポロニアが慌てて助け舟を出す。

「私が名前で呼んでくれと頼んだのです」

ラインハルトは不満げに口を尖らせた。

「それは——弟君にガルバンが似ているからだろうが、あなたは私の側仕えだ。侍従に早々気安くするものではない」

「——陛下、ヤキモチ妬《や》いてる」

ガルバンは小声でつぶやく。

「なんだと？」

ラインハルトが振り返る前に、ガルバンはさっと奥の厨房へ姿を消してしまった。ラインハルトは目元を僅かに赤く染めて咳払いする。

「少しガルバンを甘やかしすぎた。躾《しつけ》し直さないといけないな」

アポロニアは微笑《ほほえ》んだ。

「私はガルバンの底抜けの明るさが好きですよ。エリクはとても物静かなたちなので、もう一人弟ができたみたい」

ラインハルトは無邪気に言うアポロニアの顔をじっと見る。

「あくまで弟、だな？」

「ええ、弟、ですが……？」

アポロニアは、ラインハルトがやけに弟にこだわるのが理解できなかった。

その後、供された料理の初めて食べる美味や珍味に、アポロニアは歓声を上げっぱなしだった。

北国の料理はバターやクリームをたっぷり使い塩味をきかせた味付けが多く、食べ応えがある。

「これはサメの卵なのですか？　プチプチして口の中で弾ける食感が最高ですね」

「ピィリって揚げパンの中に具を詰めてあるんですね。祖国にも甘い砂糖をまぶした揚げパンがあります、懐かしい」

「このサーモン、とろとろで口の中で蕩けてしまいます」

「ジャム入りの紅茶って、初めていただきました。とても風味があって美味しいわ」

ラインハルトは目を細め、ご馳走に舌鼓を打つアポロニアを眺めている。

「あなたの国の料理は、我が国とはずいぶんと違うのだろうか？」

「そうですね。海に囲まれた島国ですから、海産物を豊富に使います。気候が暑いので、唐辛子や香辛料を使った辛い料理が多いです。あとはさっぱりとしたスーラという料理がおすすめです。マグロという赤身のお魚を生でぶつ切りにして、ココナッツオイルやビネガーや塩で味つけしていただくんです。私の大好物でした」

ラインハルトが目を丸くする。

「魚を生で食すのか？　初めて聞いた。腹を壊さないのか？　我が国は海魚は保存のきく塩漬けにするし、川魚は病気が怖くて生では食べられないな」

「新鮮な海のお魚が手に入りますから。私の国は牧畜する土地があまりなく、お肉は貴重品なので、お魚が主食でした」

「なるほどな、北と南では食生活もまるで違うのだな」

ラインハルトは目を輝かせてアポロニアの話に聞き入っている。手元の自分の皿が放《ほ》ったらかしだ。

一刻も早く晩餐を摂りたそうだったのに、それほどお腹は空いていないのだろうか。

晩餐を終えると、ラインハルトは先に席を立った。

「楽しいひと時だった。私は残りの仕事をすませてくるので、あなたはゆっくり入浴し——私の寝所で待っていろ」

「あ、はい……」

やはり今夜も閨を共にするのだ。

アポロニアはにわかに緊張してくる。

ラインハルトの部屋を出ると、廊下にヨハンナが背中を丸めて待機していた。いくら自分の侍女とはいえ、高齢な彼女を立たせっぱなしにしていたことに胸が痛む。

「ヨハンナ、この後の入浴や着替えはグルーガー国の侍女たちに頼みますから、あなたはもうお部屋に引き取りなさいな」

ヨハンナは無表情な顔を上げる。

「いいえ、お役目ですから——務めさせてください。私はあなた様に必ず付き従えと命令されています。さもないと、ネッケ国王陛下から家族に罰が下ります」

「えっ？」

ヨハンナはわずかに声のトーンを落とした。

「ネッケ国王陛下のご命令に背けば、娘夫婦が獄に送られるのです」

「そんな……！」

アポロニアと同じように、ヨハンナも身内を人質に取られていたのだ。彼女が強引にアポロニアに付いて回ろうとした理由がわかった。

「わかったわ――でも、私に従うということなら、今夜はもう引き取って休みなさい」

「――かしこまりました」

ヨハンナはちらちらとこちらを振り返りながらも、引き下がった。その後、アポロニアはグルーガー国の侍女たちに手伝ってもらい、湯浴みを済ませ絹の寝間着に着替え、ラインハルトの寝室へ導かれた。

大きなベッドの端に腰を下ろし、アポロニアはラインハルトの訪れを待った。

昨日と同じような行為が行われるのだろうか。昨夜は初めてでなにもわからず、彼の情熱に呑み込まれ翻弄されてしまった。

まだ身体のあちこちにラインハルトの欲望の痕跡が残っている。

「今夜は……私からもなにかご奉仕しなくては」

ただマグロのように横たわって抱かれるだけでは、きっと殿方には物足りないだろう。閨での作法のあれこれを詳しく知ってるわけではない。だが、ラインハルトの気持ちを引き付け、一年の間にエリクを救う手段を講じてもらうためには、なんでもするつもりだった。

そういう義務感とうらはらに、昨夜の睦み合いのあれこれを思い出すと、なぜか下腹部がきゅんと甘く痺れ、はしたない行為を期待している自分に戸惑う。

夜半過ぎ、扉をすうっと抜けて白狼アーマが寝室に入ってきた。

「あ」

アーマはアポロニアに近づくと、膝の上に大きな頭を乗せた。撫でろということなのだろうか。大きな額をそっと撫でると、アーマは心地よさげに目を細め、グルルと喉を鳴らした。こんなふうに懐かれると、恐ろしい生き物と聞いていた幻獣も、まるで子猫のようだ。こんな美しく賢く妖力を持っている生き物を自由に操れる能力があるなんて、なんて羨ましいことだろう。

ほどなく、扉が静かに開き、ラインハルトが入ってきた。湯上がりなのだろうか、黒髪がまだ濡れていて額をくしゅくしゅっと覆い、とても若々しく見えた。薄いガウンを羽織っているだけで、はだけた前合わせから引き締まった胸板がのぞいて、ドキドキするほど色っぽい。

「待たせたな——なんだ、アーマ、お前先に来ていたのか」

アーマがむくりと頭をもたげ、ゆっくりとラインハルトに近寄り彼の右手を長い舌で舐め、意味ありげな眼差しで見上げた。

「っ——また、余計なことを言うなっ」

ラインハルトが白皙《はくせき》の頬をかっと上気させた。アーマはしれっとした顔でそのまま暖炉の前に陣取り、前足に顎を載せて目を閉じる。

「アーマは今、何を言ったのです?」

好奇心でたずねると、ラインハルトがまだ頬をほんのり染めたまま答えた。

「あなたが私を待ち焦がれていると。私の腕を欲していると、そう言った」

「っ?」

今度はアポロニアが赤面する番であった。

「そ、そんなこと、ご、誤解です……」

「幻獣は嘘をつかない」

ラインハルトが薄く笑い、アポロニアの横に腰を下ろした。彼の体温を感じると、脈動が速まり息が乱れてしまう。

「アポロニア——私もあなたを——」

彼の大きな右手が髪の毛を撫でる。

その感触の心地よさにうっとりとしてしまい、アポロニアはうっかり決意を忘れてしまうところだった。

「ラ、ラインハルト様」

アポロニアはベッドにずり上がり、そのままきちんと正座した。そして深呼吸してから、思い切って寝間着の腰紐をしゅるっと解き、肩からぱさりと脱ぎ落とす。

全裸になると、真《ま》っ直《す》ぐラインハルトに向き直った。

ラインハルトが目を瞠り、嬉しげに瞳が輝く。

「これは——あなたから求めてくれるとは」

「ラ、ラインハルト様。な、なんなりとご命令ください」

凛とした態度を貫こうと思ったのに、声が震えてしまった。

「え？」

「あなたを悦ばすために、なんでもします。ご奉仕します。この身をすべて、あなたに捧げます。ですから――」

決意を込めて言う。

「どうか、一年のうちにエリクを救うことにお力を貸してください！　殿方を歓《よろこ》ばせる手管は未熟ですが、ご命令通り尽くします」

言い終えると、両手を伸ばし、ラインハルトのガウンを脱がせようとした。こんな積極的な行為をするのはとても勇気がいったが、自分が差し出せるものはこれしかない。

「――やめろ」

ラインハルトが身を引いて、アポロニアの手を振り払う。

「あ？」

アポロニアは両手を宙に浮かしたまま、狼狽《うろた》える。

さっきまでとても穏やかだったラインハルトの表情が、凶暴そうに歪んでいた。

「尽くすとか、奉仕とか、捧げるとか――あなたは何を言っているんだ」

「え？」

アポロニアは、何がラインハルトの逆鱗《げきりん》に触れたのかわからない。

「私を待ち焦がれていたのは、そのためか？」

「……」

「取り引きなのか？　それだけなのか？」

ふいにラインハルトがぐぐっと身を乗り出してきた。瞳が欲望にギラギラ光っている。まさに、獲物を狙う狼王そのものだ。

「あなたの本心はわかった」

「ラインハルト……様？」

「私の好きにしていいのだな？」

彼はやにわにアポロニアの右腕を掴み、乱暴に引き寄せた。

「あっ……」

前のめりになり、シーツの上に倒れ込んでしまった。

「ラインハルトさ……」

起き上がろうとすると、うつ伏せになったアポロニアの上に、ラインハルトの強靭《きょうじん》な体躯が覆い被さってきた。

背後から彼にうなじを強く吸い上げられ、その痛みに顔を顰める。

「痛っ……」

胸元にラインハルトの片手が潜り込み、柔らかな乳房をぐにぐにと力任せに揉みしだいた。昨夜の撫でるような愛撫とは程遠い、乱暴な手捌《てさば》きだ。

「つ、あ、やぁ……」

本能的な恐れを感じ、ラインハルトの身体の下で身を捩るが、びくとも動けなかった。

恐怖のせいなのか、すぐに乳首がツンと勃ち上がる。彼の無骨な指先が、先端を摘《つま》み上《あ》げてコリコリと擦り潰すように刺激した。

じぃんと下腹部が甘く痺れ、腰が震える。こんな簡単に欲情させられてしまうものなのか。

「ぁ、は、や……」

「取引だと言う割には、敏感に反応するな」

ラインハルトが薄く笑い、うなじから耳の後ろにかけてぬるりと舐め上げてきた。ぞわぞわと悩ましい震えが、さざ波のように全身に拡《ひろ》がっていく。

「ひあっ、あ、や、それ……」

特に耳の後ろをねろねろと舐められると、ぞくぞくした官能の疼きが子宮の奥をざわつかせて、居ても立ってもいられない気持ちにさせた。腰がもじもじと勝手にくねってしまう。

「あ、あん、あぁ、あぁあ……ん」

「ここが弱いのか。いいぞ、もっと感じてみろ。命令だ」

ラインハルトは熱い息を耳孔に吹き込みながら、アポロニアの薄い耳朶を甘噛みしては耳殻から耳裏まで執拗に舐め回す。同時に、鋭敏な乳首を摘み上げられたり指の腹で円を描くように撫でられたりされ、アポロニアは淫らな欲望に支配されて悩ましい鼻声が止められなくなる。

下腹部の奥にどんどん官能の疼きが溜まっていき、媚肉がひとりでにひくひくわななき、淫らな快楽を生み出してしまう。まだ触れられてもいない秘所が、じゅくじゅく濡れていくのが感じられ、どうしようもない飢えが胎内を駆け巡る。

「やめ……おかしく……もう、やめてぇ……」

アポロニアはびくびくと細い肩を震わせ、あえかな声で懇願する。

「捧げろ、その身をすべて私に、あなたの望みだろう」

ラインハルトは低く艶めいた声でささやくと、きゅううっと乳首を抓り上げた。ぎゅっと膣壁が閉まり、強い快感が身体の中心を走り抜けた。

「あ、あぁあ、あぁああー」

アポロニアは全身を小刻みに震わせ、短い絶頂に飛んでしまった。

「ふふ――乳首だけで達してしまったのか？ たいそうな宣言をした割には、あっけないな」

ラインハルトの呼吸がわずかに乱れた。

アポロニアの白い双尻に、覆い被さっている彼の下腹部の中心に硬く勃ち上がった灼熱の剛棒がごりごりと当たる。その猥りがましい感触だけで、子宮の奥がつーんと甘く痺れ、再び軽く達してしまう。

「は、はぁ……ぁ、あぁ……」

ラインハルトの左手が、前からアポロニアの股間に潜り込み、割れ目をなぞる。ぬるっと彼の指が滑る。

「ああ――もうどろどろではないか」

彼が意地悪げに笑った。

「や……言わないで……」

濡れた指先が秘裂を押し開き、とろとろになった蜜口に沈み込んでくる。違和感はあるが、痛みは感じない。

「あぁっ、あ、あぁっ」

　くちゅくちゅと小さな水音を立てて熱く潤んだそこを掻き回されると、心地よさに腰が浮いてしまう。まるで求めるみたいに、腰が上がってラインハルトの下腹部を擦り立てて刺激してしまった。ぐっしょり濡れた彼の指先が、ぷくりと充血した陰核を探り当て、そろりと触れてくる。

　鋭い快感にびくんと腰が大きく跳ねた。

「はあっ、だめ、そこ、だめ、だめえ……っ」

「だめではないだろう？　小さな蕾をこんなに膨らませて、気持ちよくてたまらないのだろう？」

　ラインハルトは花芯の先端を円を描くようにして繰り返し撫で、さする。耐え切れないほどの強い喜悦に、アポロニアはシーツに顔を埋めいやいやと首を振る。思考が快楽に侵食されていき、羞恥心が薄れていく。もっとしてほしいとすら思ってしまう。

「は、あ、だめ……あぁ、だめ、だめぇ……」

　突っ張っていた手足から力が抜け、両足が誘うように緩んで開いた。

「どんどん濡れてくる。熱い蜜が溢れて止まらないな」

　ラインハルトは掠れた声でささやき、乳首と花芽を撫でる指の動きを連動させ、少し動きを速める。上下の鋭敏な蕾を同時に刺激され、アポロニアの胎内に愉悦の奔流が渦巻き、再び絶頂に追い上げていく。

「あ、あ、あ、や、あ、また……あぁ、また、来ちゃう、あ、来ちゃう……」

アポロニアの腰ががくがくと揺れる。頂点まで溜まった悦楽の波が、一気に理性を押し流した。

「あー、あぁ、あ――――っ」

脳芯まで貫く鋭い快感に、アポロニアは背中を弓形に仰け反らせて達してしまう。頭の中が快楽で埋め尽くされ、もう何も考えられない。

激しく極めたはずなのに、隘路は物欲しげにきゅうきゅう収斂し、ここを埋めて擦って欲しいと渇望する。

「……はぁ、は、はあ……ぁ」

ぐったりと浅い呼吸を繰り返していると、やにわにラインハルトが身を起こし、アポロニアの腰を持ち上げた。

四《よ》つん這《ば》いでお尻だけ突き出した格好のあまりの卑猥さに、アポロニアは思わず我に返る。綻び切ってひくつく花弁のあわいに、ぐっと熱い欲望の切先が押し当てられた。心の準備をする間もない。

「あ、や、待って……」

「待たない」

そう言うや否や、ラインハルトはぐぐっと腰を押し進めてきた。

どぷりと鈍い音がして、太い肉棒に一気に最奥まで貫かれた。

「ひうっ、ぅ……っ」

昨夜のような異物感も痛みもなく、飢えた媚肉が満たされた悦びがあまりに強く、胸が苦しくなるほどだった。

「あ、あ、奥に……あ、ぁ」

自分の胎内が歓喜しながらラインハルトの脈打つ欲望を受け入れている。呼吸をするたびにきゅんきゅんと締まる隘路は、ラインハルトの剛直に吸い付きさらに奥へ誘おうとするようだ。

「締まるな――食いちぎられそうだ」

ラインハルトがくるおしそうに息を乱す。

彼は深く挿入したまま、アポロニアの細腰をがっちりと抱え直した。さらに尻を高く持ち上げられ、結合がより深まった。

「やぁ、だめぇ、動かないで……」

このまま動かれたらどうかなってしまいそうな予感に、アポロニアはシーツを両手でかき寄せるようにして逃れようとした。

だがラインハルトは容赦なくがつがつと腰を打ち付けてきた。

「ひぁあっ」

ばつんばつんと肉の打ち当たる卑猥な音を立てて、ラインハルトは激しく最奥を突き上げてくる。体位が違うせいだろうか、向き合った体位の時と違う箇所が押し上げられ、そこを刺激されると全身が蕩けてしまうような深く重い快楽が生まれてくる。

「ひ、や、だめ、そこ、や、そこやぁあ」

アポロニアがあられもない声を上げて喘ぐと、ラインハルトが嬉しげにつぶやく。

「ここが悦いのか？」

彼は下から上に突き上げるような角度で、子宮口の手前あたりをごりごりと穿ってきた。

「だめえ、あ、だめ、やだ、そこ、あ、あ、ぁ、ぁ」

アポロニアはぎゅっと目を瞑り唇を噛み締め、底なしの快楽に耐えようとした。

「こうすると、どうだ？」

ラインハルトは激しい抽挿を続けながら、右手を前からアポロニアの股間に潜り込ませ、無防備に剥き出しになった秘玉に触れてきた。

濡れた指先でそこを細やかに揺さぶられると、毛穴が開いてしまいそうな快楽が全身を駆け巡り、アポロニアはもう抵抗できなかった。

この世にこんな恐ろしい快楽があったのか。

アポロニアは官能の悦びに翻弄され、甲高い嬌声を上げ続ける。

「はぁあ、あ、は、やめ、あ、だめ、あ、そんなに、しちゃ、あ、ああ、ぁあ……」

ラインハルトは追い立てるように陰核を小刻みに揺さぶった。

あっという間に絶頂に追いやられる。四肢がぴんと硬直し、熱い愉悦の波が押し寄せた。

「だめぇえええ――っ……っ」

アポロニアは絶叫して果てる。

ぐたりと身体が弛緩してシーツの上に倒れ込みそうになるのを、ラインハルトは片手で支えながらさらに揺さぶってくる。彼が先端で抉り込んでくるたびに、瞼の裏に媚悦の火花が散る。

「あ、あ、また、あ、また、くる……あ、またぁ……っ」

絶頂からなかなか下りて来られない。

「や、めてぇ、あ、もう、やだ、あ、怖い……っ」

こんな快楽を知ってしまっては、もう逃れることができないかもしれない。

酩酊した頭の中で、ラインハルトの肉体に溺れてしまいそうな恐怖に怯えた。行きすぎた快楽は苦痛に通じるのだと初めて知る。

「何度でも、達ってしまえ、アポロニア。私無しではいられなくしてやる」

ラインハルトは凶暴な獣のように荒い吐息を吐きながら、さらに腰の律動を速めた。

「んんっ、ん、あ、は、はぁ、あ、や、も、あ、だめ、だめぇえ――っ」

ぶるぶると内腿が痙攣し、アポロニアは最後の絶頂に飛ぶ。自分の熟れ襞がきりきりとラインハルトの肉胴を締めつけてしまう。

「はっ――あ」

直後、ラインハルトが大きく息を吐く。どくどくと最奥で肉棒が震えた。

「……は、あ……あ、ぁ……」

アポロニアの意識は真っ白に染まり、長い一瞬の間、何も考えられなかった。

ラインハルトの大きな身体が、ゆっくりと倒れ込んできた。

「ふ――う」

彼はアポロニアの首筋に顔を埋め、獣のように忙しない呼吸を繰り返す。

精魂尽き果てたアポロニアは、ラインハルトの重みに押しつぶされそうになったまま指一本動かせないでいた。

それなのに、内壁はひくひくと収縮を繰り返し、貪欲にラインハルトの欲望に吸い付いて包み込む。

「――悦かったんだな？　私もだ――」

ラインハルトがアポロニアの髪の毛を掻き上げ、細い首筋にちゅっと口づけした。

「素晴らしかった」

その少し掠れた低い声にぞくんと背中が震え、また軽く達してしまった。

ラインハルトがゆっくりと腰を引く。今動かれると、また感じてしまいそうだ。

「あ、や、抜かない、で……」

消え入りそうな声で言うと、ラインハルトが薄く笑った。

「ではもう一度挿入するか」

半分抜きかけた陰茎を、彼は再びずんと、と奥へ突き入れた。一度突かれただけで、また達してしまう。

「ひん、や、ぁ、挿入れないで……ぇ」

すすり泣きながら懇願する。

「ふふ、どちらなんだ？」

「ぁ……ぁ、あ……」

ラインハルトが声に出して意地悪く笑う。

「や……ぁ、もう……」

こちらは笑い事ではない。我を忘れて官能の悦びに身を任せてしまった。

こんな行為を続けられたら、腑《ふ》抜《ぬ》けになってしまうかもしれない。

エリクを助けるために身を差し出そうとしたのに、純粋な性の悦びに溺れてしまいそうだ。

「悪くないだろう？」

ラインハルトがアポロニアの心を見透かしたように言う。

アポロニアは気だるく顔をずらし、ラインハルトの顔を見た。

汗ばみ無防備な男の顔がある。彼もまた性の快楽に酔っているのだ。

なぜか胸が熱くなり、不思議な優越感を抱いた。この気高く勇猛な狼王に、アポロニアだけが与えられる官能の美酒なのだ。

視線が合うと、ラインハルトは少しだけ気まずい顔になった。

「すまない――乱暴にしてしまったな」

そんな表情もするのだ。

「いいえ……」

ラインハルトは小声でささやく。

「私は、あなたがとても気に入った。あなたはどうだ？」

心臓が甘く躍る。彼は肉体の相性のことを言っているのだろう。

アポロニアも、この男をこの身体で独り占めしたい、と思った。いや、彼の全てが欲しいと思う。強靭な肉体も清廉な心も――。

どうしたのだろう。肉欲に溺れ、判断力が失われているのか。

こんなにもラインハルトを欲しいのはなぜなのか――様々な思いが頭の中で交差する。

ラインハルトは答えられないでいるアポロニアに焦れたのか、少し強い声で言った。

「よし――早急に結婚しよう」

「えっ？　どうして？」

唐突な発言に、唖然とした。ラインハルトはアポロニアの返事に不満そうだった。

「ネッケ国王を油断させるには、これが一番いい手段だ。どうせネッケ国王は、我が国を手に入れようと企んでいるのだろう。それなら、あなたが王妃になり、内部からネッケ王国の軍隊を手引きするというのが最適解だ。ネッケ国王は、きっとあなたにそういう指示を出すに違いない。だが、あなたと私はもう契約を結んでいるからな」

「契約――」

「弟君を助けたいのだろう？　必ず、一年の間にあなたの弟君を救い出そう。我が命にかけて、約束する」

アポロニアは力強いラインハルトの言葉に、涙が出そうになった。

「嬉しい……」

ラインハルトが少し狡猾そうな顔になった。

「その代わり、あなたは一年の間、私のものだ。結婚はその誓約のようなものだな。ネッケ国王の隙を突くには、私があなたの肉体に溺れたとみせかけるのがいいのだろう？」

「え、ええ……まあ、そうなのですけれど――」

はっきり言われると恥ずかしくなる。

「溺れよう、大いに」

肉筒の中で彼の欲望がむくりと膨れてくる。

「あっ？」

精を吐き出したばかりなのに、もう復帰したのか。

ラインハルトはアポロニアの身体の下に右手を潜り込ませて抱えると、繋がったまま体位を入れ替えた。

「ひゃっ……」

熟れ襞をぐるりと掻き回され、変な声が出た。

二人は向かい合わせになった。

ラインハルトの黒髪がぼさぼさに顔に垂れかかり、本当に野生の狼のようだ。

アポロニアは思わず手を伸ばし、彼の額にかかった髪を撫《な》で付《つ》けた。そして微笑む。

「やはり、お顔が見える方が安心します」

あられもない格好で乱されるのは少し怖い。

「っ――そういうことを言うから――っ」

なぜかラインハルトが怒ったように口づけを仕掛けきた。

「んんっ？」

いきなり舌を押し込まれ、口腔を乱暴に掻き回された。強く舌の付け根まで吸い上げられ、強い快美感に頭が再びぼうっとしてくる。

「ふ、あ、ふぁ……んんんぅ」

深い口づけの快楽に意識が飛びそうになる。

わずかに唇を離したラインハルトが、息を乱しながらささやく。

「可愛い――ほんとうにあなたに溺れそうだ」

そう言うと同時に、すっかり勃起した肉棒でずずんと最奥を突いてくる。

「え？　あ、は、あぁあっ」

あっと言う間に絶頂に飛ばされた。怖いくらい簡単に達してしまう。

「あ、あぁ、あ、ぁあ」

「アポロニア、逃がさない、私のものだ、アポロニア」

ラインハルトは熱に浮かされたようにつぶやきながら、そのままぐいぐいと抽挿を繰り返され、アポロニアは襲ってくる愉悦の波に呑み込まれてしまう。ラインハルトの言葉の意味を深く探る余裕もなかった。

その晩、幾度も抱かれ数えきれないほど絶頂を極めた。アポロニアは最後の方の記憶がない。

ただ、意識を手放す前に息も絶え絶えで訴えていた。

「あ、あぁ、い、祈らないと……ほ、星に……エリクとの約束……」

「ああわかっている」

弛緩し切った身体をシーツで包んで抱き上げられ、ベランダまで連れ出してもらう。

満天の星空から輝く北の一等星を見つけ出し、エリクへの祈りを捧げようとして、猛烈な睡魔に襲われてしまう。

するとラインハルトが深みのある声でつぶやいた。

「エリ　ノバル　エリク。エリ　ノバル　アポロニア」

代わりに祈ってくれたのだ。

「ラインハルト……様……ありが……と……」

なんだかとても安心してしまい、そのまま深い眠りに落ちてしまった。

でも心の隅では、ラインハルトに甘えたい気持ちに負け、代理で祈ってもらったことがエリクに少しだけ後ろめたかった。

第三章　雪の女神の誕生

翌日、夜明け前。

起床を告げに現れたガルバンに、ラインハルトはベットで腕の中にアポロニアを抱き込んだまま、力強く宣言した。

「ガルバン、朝一番で主だった臣下たちを城に呼び集めろ。私はアポロニアと結婚する」

「えっ？　マジですか？」

ガルバンは素っ頓狂な声を上げる。ガルバンの肩に留まっていたトッティーが、チチチと甲高く囀った。

だが、一番驚いたのはアポロニア自身であった。うとうとしていたのがいっぺんに目が醒《さ》めた。

「ほんとうにするのですか？」

まさか本当に結婚することになるとは思わなかった。昨夜は、ラインハルトが甘い閨での勢いで言ったのかとも思っていたからだ。

「ま、待ってください、ラインハルト様。私はまだこの国に来たばかりで……」

「日数など関係ない。善は急げというからな」

ラインハルトはアポロニアを放し、ベッドから勢いよく下りた。ガルバンにガウンを羽織らせてもらいながら平然とした顔で答える。

「一刻も早くことを動かす方が、あなたのためでもある」

確かに、一年の猶予しかないのだ。

「これまで浮いた話のひとつもなかった陛下の結婚宣言、これは国中が大騒ぎですね！　面白くなりそう」

ガルバンがはしゃいだ声を出す。

「アポロニア様は絶世の美女ですからね。誰も文句は言いませんよ」

「うん、その通りだ」

しれっとラインハルトが答えたので、さすがのガルバンも鼻白んだ。

「うわあ——すっかり骨抜きだぁ——」

ラインハルトはガルバンの茶々にも動じない。

「早急にアポロニアの結婚衣装を仕立てさせろ。国一番の仕立て屋たちを城に集めるのだ。純白の衣装で、髪型もアクセサリーも、雪の女神そっくりのデザインに仕上げるんだ」

ガルバンが合点が入ったという顔になる。彼は両手をぽん、と打った。

「なるほど——アポロニア様なら、伝説の雪の女神の生まれ変わりと言ってもおかしくないですものね！」

「雪の女神の——？」

アポロニアが不思議そうな顔をすると、ラインハルトが大きくうなずく。

「前にも話したろう。雪の女神信仰は、我が国の民たちに深く広まっている。グルーガー皇帝が雪の女神を妻にするのは、人々に大いに支持されるに違いない。あなたは自分の美貌を利用するべきだ。おのれの手札で利用できるものは、なんでも使え」

ラインハルトはさっきまでの甘い表情を正し、鋭くアポロニアを凝視して言った。

ハッとする。ラインハルトが知的な為政者であることを改めて思い知る。

エリクを救うためには、雪の女神でもなんでもなろう。

「わかりました――」

強くうなずき返す。

ラインハルトがかすかに笑みを浮かべる。

「よし、決まりだ。十日後には首都の大聖堂で結婚式を挙げる。アーマ」

暖炉の前で伏せていたアーマが、呼ばれてむくりと起き上がった。

「お前なら、各自治体の連絡網係の幻獣使いたちに一気に指令を飛ばせるだろう。この結婚についての速報を、直ちに国中に布告しろ」

アーマは了解したというように低く唸り、素早く寝室から出ていった。

ラインハルトは手を打ち鳴らす。

「なにをぼやっとしているガルバン。臣下たちに伝令を出せ！」

「ひえー、人使いも幻獣使いも荒いんだからー。ああ忙しくなるぞー」

ガルバンがぶうぶう言いながらも、嬉しげにすっ飛んでいった。

ラインハルトはガウンの腰紐をきゅっと締めると、アポロニアに向かってにこりと笑いかけた。

「確かに忙しくなる。だが、目的に向かって邁進《まいしん》するのは心が躍るぞ。アポロニア、私についてこられるな？」

ラインハルトの目が自信に満ちて生き生きと輝いている。彼のもつ帝王の風格と生命力に圧倒されてしまう。

惹かれてしまう気持ちを止められない。

「はい、ついていきます」

アポロニアはきっぱりと答えていた。

「良い返事だ。では、まず三時間後、臣下たちを集めてあなたを婚約者としてお披露目《ひろめ》する。完璧に着飾ってくれ。雪の女神としてな」

「わかりました」

その後、ラインハルトの命を受けた侍女たちの手で、アポロニアは衣装室へ案内され、これまでになく念入りに支度することとなった。

ドレスも小物も純白、アクセサリーは真珠だ。

白銀色の髪は高々と頭の上に盛り上げるように複雑に編み込まれた。

支度の最中、ヨハンナが手に盆を持って現れた。盆の上には、一口サイズにしたサンドイッチとミルクを入れた吸い飲みが載っている。

「アポロニア様、お腹に何か入れる方がようございます。衣装や手が汚れないように、私が口にお運びしますので、どうぞお召し上がりください」

「助かるわ。実はお腹が空いていたの。ありがとう」

アポロニアはヨハンナの気遣いに感謝する。

「いいえ。仕事ですから」

ヨハンナは無表情に手を動かす。アポロニアがサンドイッチを嚥下するタイミングをうまく見計らって、ミルクの吸飲みを口元へ差し出す。ヨハンナは感情こそ表に出さないが、とても有能な侍女だと感じた。それに、初めの頃よりずっとアポロニアに馴染んできた気がする。

三時間後、トッティーが衣装室に飛び込んできた。ガルバンの声で喋る。

「アポロニア様、そろそろお時間です。城の大会議室に、臣下たちと貴族議員の大物たちが雁首《がんくび》揃えてお待ちしてますよ。ご案内します」

「はい。参ります」

アポロニアは背筋を伸ばして化粧台の前の椅子から立ち上がった。

踏み出す前に、ちらりと化粧台の鏡に映った自分と目を合わす。

勇気と誇りを持って――強く胸の中で言い聞かす。

侍女の一人が手を取って先導し、背後にヨハンナが回りドレスの長い裾を捌く。

衣装室の扉が開くと、そこに公務用お仕着せに身を包んだガルバンが立っていた。彼はアポロニアの姿に目を丸くした。

「うわあ――これはお見事です。まさに伝説の雪の女神の降臨です！」

手放しの感嘆にアポロニアは逆に不安になる。

「こんな感じでいいのかしら……」

ガルバンがにっこりする。

「それは、陛下の反応をご覧になってからおっしゃってくださいよ。大会議場前でそわそわしながらお待ちです。さあ、行きましょう」

アポロニアはガルバンに先導され長い廊下を進んでいく。複雑な道筋を通り、大会議場に辿り着いた。次第に緊張感が高まり脈動が速まる。これまでずっと侍女扱いで幽閉に近い身で、きちんとした格好で大勢の前に出る機会など皆無だった。

果たしてこの国の地位の高い人々に、自分なんかが認められるのだろうか。

行き着いた廊下の先の大きな扉の前で、ラインハルトがアーマを従えて立っていた。

目も覚めるような青い軍服風の礼服に身を包み、腰に巻いた金色のサッシュに銀色の剣を差し、長い足をピカピカに磨き上げたブーツを履いている。艶やかな黒髪を綺麗に撫でつけ、野生味を帯びた風貌に知性が見事に融合していた。寄り添う純白の白狼アーマの姿が、より一層ラインハルトの風格を増している。

あまりに洗練された姿に、アポロニアは息を呑んだ。

同じように、ラインハルトも感動したように一瞬息を止める。

「ああ――アポロニア」

彼はゆっくりと手を差し伸べた。

「完璧な美とはあなたのことを言うのだな。素晴らしい。まさに雪の女神そのものだ」

アポロニアは右手を彼の手に預けた。温かく大きい手のひらの感触に、緊張感が少し和らぐような気がした。だが、ラインハルトの目配せで左右に待機していた衛兵が扉を開こうとすると、足が竦んでしまう。

「ラインハルト様——わ、私……」

「あなたはダールベルク王国の王女だ。それを決して忘れるな」

静謐な声で言われ、ハッとする。

そうだった。

私は王女なのだ。

懐かしく愛おしいダールベルク王国の王女なのだ。

これまで自分の中で影をひそめていた王女としての矜持《きょうじ》が、むくむくと湧き上がってくる。

アポロニアは顎をきゅっと引くと、ラインハルトに軽く目で合図した。

「行けます、大丈夫です」

「よし。前触れをせよ」

ラインハルトの命令に、扉の向こう側に待機している従者が、大声を上げた。

「皇帝陛下のお出ましです！」

ゆっくりと扉が左右に開く。

大会議場に直立不動で集合していた臣下たちが、一斉にこちらに向かって頭を低く垂れた。

中央通路に赤い絨毯《じゅうたん》が敷かれ、ラインハルトは悠々とした足取りでそこを進んでいく。アポロニアもぴったりと彼に歩調に合わせた。

中央通路の行き止まりに数段高くした階があり、皇帝の玉座の隣にもうひとつ立派な椅子が用意されていた。

「さあ」

先に一段階を上がったラインハルトが、アポロニアを誘う。玉座の隣に座ったりしていいのだろうか。心臓がドキドキしてくるが、ラインハルトが力強い眼差しで見つめてくるので、腹を括《くく》った。

階を上がりきったラインハルトは、優美な仕草でアポロニアを先に着席させた。

そして彼自身は立ったまま、威厳ある声で告げる。

「全員頭を上げよ。そしてこちらを向け」

臣下たちは一糸乱れぬ動きで顔を上げ、さっとこちらを向き直る。

刹那、彼らからハッと息を呑む気配がした。アポロニアの姿を見たからだろう。

ラインハルトは動じない様子で続ける。

「本日集まってもらったのは他でもない。私は結婚することにした」

今度は抑え難いどよめきが起こった。

「ご結婚――」

「とうとう――」

止まらないざわめきの中、ラインハルトはアポロニアに右手を差し出した。

「前においで。アポロニア」

アポロニアは彼の手に支えられてすらりと立ち上がる。

手を握られたまま、ラインハルトの隣に立つ。大会議場が一望できた。百名は下らないだろう臣下たちは、驚愕《きょうがく》と好奇心の入り混じった表情でアポロニアに視線を集中させた。気圧《けお》されたアポロニアは思わず顔を伏せたくなったが、ここでおろおろしたりうろたえたりしては、ラインハルトに恥をかかせてしまう。

「彼女が私の婚姻相手、アポロニアだ」

一呼吸置いて、ラインハルトはさらに朗々とした声で続けた。

「彼女は、ダールベルク王国の王女。アポロニア・ダールベルク。彼女こそが、我が国に舞い降りた雪の女神の生まれ変わりである」

アポロニアは息を深く吸い、誇らしげに胸を張った。

その時、階の下に待機していたアーマが、天に向かって鋭く咆哮《ほうこう》を上げた。

一瞬で、七色に光る無数の幻獣鳥たちが大会議場に出現した。彼らはアポロニアの頭上をぐるぐる旋回する。眩《まばゆ》い光がアポロニアの純白の姿を包み込んだ。

おおっと大会議場中が沸いた。

「なんとお美しい――」

「まさに雪の女神の化身」

「グルーガー帝国の守り神だ」

「陛下は最高の伴侶を選ばれたのだ」

次々と臣下たちがその場に跪《ひざまず》き、ラインハルトとアポロニアに最敬礼した。

胸が熱くなった。

やっと本当の自分になれた気がした。

ここにいるのは、亡国の虜囚でも小間使いでもない。

王女アポロニア。

ラインハルトがぎゅっとアポロニアの左手を握りしめてきた。

アポロニアはそっと握り返した。


「大成功でしたね！　あの場にいた全員が、アポロニア様にすっかり魅了されましたねー」

結婚宣言を済ませ、ラインハルトとアポロニアはいったんラインハルトの私室に引き上げた。

ガルバンはウキウキと声を弾ませ、ラインハルトの着替えを手伝っている。

ソファに腰を下ろしたアポロニアは、ヨハンナが淹《い》れたジャム入り紅茶を啜《すす》り、ほっとひと息ついた。まだ興奮でドキドキがおさまらない。

「少し芝居じみていたが、あれくらいの演出は必要だったろう。アーマ、予想以上の出来栄えだったぞ」

ラインハルトは動きやすい執務用の軍服に着替えると、ガルバンから受け取ったサーベルを腰に差し、傍《かたわ》らのアーマに声をかける。アーマがぶんぶんと尾を振る。彼の様子も浮き立っているように見えた。

支度を終えたラインハルトはアポロニアに微笑みかける。

「私は公務に出る。今頃は、国中に私たちの結婚の触れが届いていて、ちょっとした騒ぎになっているに違いない。今後は結婚式まではばたばたするだろうが、耐えてくれ」

「はい、大丈夫です」

アポロニアは笑みを返した。

ラインハルトは眩しそうに目を細める。彼は顔を上気させ、意気込んで言った。

「そうだ。いっそ一年の間に、軍備を増強させ、ネッケ王国に宣戦布告するのもよいかもしれない。あなたのためにネッケ国王の首を取るか」

「いけません！」

アポロニアは思わず強く言い返していた。

ラインハルトは目を見張る。まさか否定されるとは思っていなかったようだ。アポロニアは慌てて少し声を低めた。

「戦争は、だめです」

ラインハルトがアポロニアの心中をうかがうように、じっと見つめてくる。

「あなたはネッケ王国を恨んでいるものだと思っていたが」

「確かに憎いです。両親を民を国を奪われた恨みはあります。でも――」

アポロニアは真摯な瞳で彼を見返す。

「私は身をもって戦争の悲惨さを体験しました。焼け落ちる家々、逃げ惑う人々、悲鳴と煙と血の匂い――もう二度と、あんな悲劇を繰り返したくないのです」

「――」

ラインハルトが感に堪えないような表情になる。

「あなたの気持ち――よくわかった」

彼は小声で付け加えた。

「少し調子に乗った。軽はずみな発言を許せ」

「いいえ、そんな、わかってくだされぱいいんです」

ラインハルトは上着の襟をぴしっと両手で引くと、背筋を伸ばした。

「では行ってくる。晩餐で会おう」

彼はそのままアーマを引き連れ退出した。

その背中を見送っていたガルバンが、唖然としたように言う。

「陛下が謝った――この世の終わりだ」

アポロニアはラインハルトの気を悪くさせたかと、少し後悔した。

「私、言い過ぎたでしょうか？」

ガルバンがブンブンと首を横に振る。

「とんでもないですよ。陛下に意見できるアポロニア様、最高ですって」

「でも……」

「あの人、皇太子時代はずっと戦争に明け暮れていましたからね。戦闘力高いんですよ。気性も本来は猛々しいし」

「え？　ラインハルト様が戦争に行ったなんて、知らなかったわ」

ガルバンが肩を竦めた。

「ここだけの話――前皇帝陛下に総司令官に任命されて、幾度も最前線に出兵させられていたんですよ。前皇帝陛下は、あわよくばラインハルト様がそこで戦死するように仕向けていたんです」

「そんな、信じられないわ！　――我が子を？」

「前皇帝陛下は、ふつーのお人でしたが、陛下には魔術師の血が濃く出ていたので、幼い頃から幻獣を使ったり、ずば抜けて頭脳優秀だったようです。その――前皇帝陛下は、ラインハルト様をやっかまれたというか恐れたというか、理解できなかったんですね――ラインハルト様は父皇帝陛下の気持ちに応えようと、必死に戦われたのですが。戦勝を重ねれば重ねるほど、忌み嫌われてしまって」

「……ひどい……！」

「戦場での陛下は、まさに鬼神のごとく戦われてましたよ。その頃からアーマが使い魔でおそばにいましたから、それはお強かった――でも、ラインハルト様はずっと」

「ずっと孤独だったのね」

アポロニアが言葉を引き取ると、ガルバンが目を瞠る。

「その通りです。前皇帝陛下が病でお亡くなりになるまで、決して二人のお心が通じ合うことはありませんでした——皇帝の座に就いた陛下は、侵略や戦争をいっさいせず、国を興すことだけに力を注がれてきたんです。誰にもお心を許さないままで」

「お気の毒だわ……」

ガルバンは悄然《しょうぜん》と考え込んでしまったアポロニアの気を引こうとしたのか、ふいに明るい口調になる。

「でも、けっこう陛下は優しいんですよ。僕は戦災孤児なんです。戦場の焼け野原で半死半生だった僕を、陛下が抱き上げて救ってくださったんですから」

「そうだったの」

「ええ。陛下はそれまで差別されていた幻獣使いたちを保護し優遇し、新たな使命を与えてくださった。この国を守るという。僕はこれでも、陛下のために命を捧げているんですよ」

すると、ガルバンの肩に留まったトッティーが、同意とばかりにチチチと囀った。

アポロニアに笑みが浮かぶ。

「あなたは立派な臣下ね、ガルバン」

ガルバンの顔が赤くなる。

「あ、これもここでの話にしてくださいね。とにかく、アポロニア様は陛下の特別な人なんですから」

アポロニアは苦笑する。

「いいえ――これはかりそめの結婚よ。一年限りの契約なの」

「えー、そうかなあ？　陛下のあの浮き足だった感じ、とてもそんなふうには見えませんよ。もう絶対逃さない気マンマンですもの」

「そうかしら……」

ガルバンはアポロニアの顔を探るように見つめてきた。

「アポロニア様はどうなんですか？　陛下のこと、好きじゃないんですか？」

「えっ？」

ふいをつかれてアポロニアは頬に血が上る。

「そ、それは――ラインハルト様はお美しく威厳と気品に溢れ、知性も備わっていて、ご立派な方だわ。その上、とても繊細で優しい心の持ち主で、でもちょっと拗《す》ねたり意地悪くするところは少年っぽくて、それから――」

「あーもうごちそうさま、充分理解しました――じゃ、僕もいろいろ仕事があるのでここらで失礼しまーす」

ガルバンが辟易《へきえき》したように一礼して、背中を向けた。

「えっ？　なにを理解したというの？　私はなにも……」

アポロニアがきょとんとしているうちに、ガルバンはそそくさと退出してしまった。

「もう――どういうこと？」

アポロニアは唇を尖らせて、ソファに深くもたれた。

「ラインハルト様のことを、好き……？」

口に出すと、胸の奥がきゅんと疼いた。

あんな素晴らしい男性がそばにいたら、女性なら誰だって憧れてしまうだろう。これまで異性との恋愛経験など皆無な初心なアポロニアが、淡い憧憬を抱いてしまうのは仕方ないことかもしれない。

でもこれは取引結婚だ。

ラインハルトに身を任す代わりに、エリクを救出してもらうという一年契約の結婚だ。

アポロニアのことをラインハルトが好ましいと思っていることはわかる。容姿や肉体が彼の嗜《し》好《こう》に合っていたらしい。それと、虜囚の王女という身の上が、彼の同情を買ったのだろう。だが、それ以上ではないはずだ。

無事エリクと再会できたら、姉弟二人きりで、どこか遠い地方へ行ってひっそりと暮らそう。だから、この胸の奥の不可思議な甘い感情は忘れたふりをしよう。

アポロニアはそう自分に強く言い聞かせていた。

十日後——ラインハルトとアポロニアの結婚式が無事執り行われた。
国中から急遽《きゅうきょ》集められた腕の良い仕立屋たちは、結婚式前日には見事なウエディングドレスを縫い上げた。

結婚式を挙げる大聖堂は隅々まで清められた。

幻獣を連絡網に使って、国中に二人の結婚は周知された。

これまで浮いた女性の噂一つなかった皇帝陛下が結婚するというニュースに、グルーガー帝国の民たちは驚きかつ歓喜した。

城内をはじめ国中、婚礼の祭事の準備に当日まで上を下への大騒ぎであった。特に、城下の首都の住民たちは、大聖堂の前で皇帝夫妻のお披露目があると聞いて、いやが上にも期待値が高まった。数日前から、大聖堂周囲には皇帝夫妻の姿をひと目見ようと、場所取りで居座る人々が後を絶たず、交通は困難になるほどであった。ラインハルトは大聖堂の周囲に特別観覧エリアを作り、抽選で人々に整理券を配ることにし、なんとか混乱を解消した。

結婚式当日。

蜘蛛《くも》の糸のような繊細なレースをふんだんに使った裳裾《もすそ》が長い純白のウェディングドレスは、透けるように色白なアポロニアの美をさらに引き立てた。複雑に編み込んだ長い銀色の髪には、クリスタルの王冠が被せられた。目元と唇に紅を差して薄化粧をしたアポロニアは、自分でも驚くほど大人びて艶めいていた。

この国のしきたりで、新郎は当日先に式場で待機し、新婦は後から悠々と入場するという。新郎は当日まで新婦の装った姿を知らない。

先導係としてアポロニアに付いたガルバンは、アポロニアのウェディングドレス姿に感嘆の声を上げた。

「うわあ、これはもう我が国史上最高に華麗な皇妃様ですよ！　さすがの陛下も、アポロニア様の美しさに腰を抜かすんじゃないかな」

「そ、そうかしら――へ、陛下より、この国の人々が異国の私を受け入れてくれるか、し、心配だわ」

アポロニアの方は、すっかり舞い上がっていた。

ついこの間まで、小間使いとしてみすぼらしい格好で屋根裏部屋に住んでいたのだ。一足飛びに一国の皇妃となるなんて、たとえ一年の期限付きだとしても緊張しないわけにはいかない。

ガルバンが明るく答える。

「大丈夫です。陛下の命令で、アポロニア様は雪の女神の生まれ変わりだという噂をばっちり広めてありますから。この間の大会議場での臣下たちの反応を見たでしょう？　雪の女神様に成り切ってください」

「生まれ変わり、なんて……」

「さあさあ、もうお時間ですよ。大聖堂に出発します」

ガルバンに促され、アポロニアは城の脇門から地味なしつらえの馬車に乗り込んだ。近道を使い、大聖堂の裏門まで辿り着き、素早く中へ入る。裾を捌く役目として、ヨハンナが従った。

待ち構えていた司祭たちが、アポロニアを誓約式を行う祭壇へ続く扉の前に案内する。この扉の先に、ラインハルトが待っているという。

アポロニアは何度か深呼吸した。自分の運命がどんどん動いていく。

不安も多いが、ラインハルトの顔を思い浮かべると気持ちが落ち着いた。

今はラインハルトを信頼し、彼についていこう。きっと、なにもかもがうまくいく。そう思わせる心の広さがラインハルトにはある。

扉の外からパイプオルガンの荘厳な曲が聴こえてきた。

「どうぞ、お入りください」

司祭の合図とともに、扉がゆっくり開いた。

「あ――」

中は眩い光に包まれていた。

ドーム式の高い天井を、七色の尾羽を持つ幻獣鳥が舞い飛んでいる。彼らはきらきらと光る金色の粒子を撒《ま》き散《ち》らしていた。粒子は床に落ちると、すうっと消えていく。

参列席には臣下たちを始め、各自治体から招かれた著名人や高級貴族たちが整列している。彼らはアポロニアが登場すると、どよめいた。

「まさに雪の女神の降臨だ！」

「なんという完璧な美しさだろう！」

だがアポロニアには、彼らの賞賛の声は耳に入らなかった。

数メートル先に煌《きら》びやかな祭壇があり、横には宣誓をする大司祭がいた。そして、祭壇の前にラインハルトがこちらを向いて立っていた。アポロニアの視線は彼に釘付《くぎづ》けだった。

ラインハルトは、大会議場での結婚宣言の時と同じ礼装服姿だった。

アポロニアには贅を尽くしたウェディングドレスを新調させたのに、自分の装いには少しも金をかけなかったのだ。

質実剛健をモットーとする彼らしい。

でも、ラインハルトは着飾る必要などないのだ。知性と男らしさが見事に共存している。

そこにいるだけで完璧な佇まいだ。

ラインハルトはアポロニアを見ると、目を細めてうっとりするような笑みを浮かべた。

その笑顔が、なぜだか涙が出るほど胸に迫ってくる。

彼が右手を差し伸べた。

アポロニアはしずしずと前に進んだ。

そして右手を彼の手に預ける。

ラインハルトがアポロニアにだけ聞こえる声でささやいた。

「素晴らしい。アポロニア。私の女神」

甘く艶めいた言葉の響きに、全身が甘い幸福感で満たされていく。

期間限定の皇妃、雪の女神の成り変わり――今はそれもどうでもいい。

この人の妻になる喜びに、純粋に浸りたい。

「ここに両人の婚姻を神の名の下に認める」

婚姻の成立を宣言する大司祭の重々しい声を、アポロニアは夢見心地で聞いていた。

結婚宣誓式を終え、二人で大聖堂の正門から姿を現すと、ぎっしりと周囲を埋め尽くした人々

から大歓声が上がった。人々は、アポロニアの姿を見ると、口々に、

「女神様だ！」「雪の女神様！」「我がグルーガー帝国の守護神！」

と崇《あが》め立て、感極まって泣いている者も数えきれないほどだった。

「ごらん、誰もがあなたの美しさに魅了されてしまっている。微笑んであげるといい」

ラインハルトは誇らしげな顔でアポロニアを促す。

「は、はい、こうかしら？」

少しぎこちなく周囲に微笑むと、さらに歓喜の声は大きくなった。

「グルーガー帝国万歳！」「若き皇帝夫妻に幸あれ！」「おめでとうございます、陛下、皇妃様！」

雨あられと降り注ぐお祝いの声に、アポロニアは胸にぐっと迫るものがあった。皆なんと幸せそうに笑っていることか。

ダールベルク王国の民たちのことを思い出した。

ネッケ王国に併合され、祖国を失ってしまった民たち。

いつか――彼らにも幸福な笑顔を取り戻したい。

アポロニアの心の中に、強い思いが生まれてくる。

祖国再建――そんなことは夢物語だろうか。

エリクを救出してもらったら、二人きりでひっそりと暮らそうと思っていた――だが、それは亡国の王女としてふさわしい生き方なのだろうか。グルーガー帝国の民たちの明るい表情を見ていると、自分だけが自由に生き延びることは、祖国の民たちへの裏切り行為のようにすら思えて

くる。

「泣いているのか？」

ラインハルトがアポロニアを気遣うように、そっと腰に手を回して引き寄せた。

「いいえ——皆が祝福してくれることがあまりに幸せで——嬉《うれ》し涙《なみだ》です」

アポロニアは慌てて笑顔を作った。

その後、ウエディングドレスを純白のナイトドレスに着替え、場所を城内の大広間に移して、結婚の祝宴が張られた。

皇帝夫妻は引きも切らない招待客からの挨拶の対応に追われた。誰もが、アポロニアの気品と美貌に感嘆し、雪の女神として崇《あが》め奉《たてまつ》った。

二人の結婚は誰からも祝福された。

ラインハルトがアポロニアを雪の女神の化身のごとく喧伝《けんでん》したことは、大成功だったのだ。

すべての挨拶を受け終わり、祝宴もお開きとなった。皇帝夫妻が解放されたのは夜半過ぎであった。

新たに城の最上階に建て増しされた皇帝夫婦の部屋に入り、ようやく二人きりになれた。

「皇妃として最後まで立派に振る舞ってくれた。あなたは私が思っている以上に、素晴らしい人だ」

ラインハルトは気持ちを込めた眼差しでアポロニアを見つめてくる。そんな色っぽい目で見られると、なんだかほんとうに愛し合っている夫婦のように勘違いしそうだ。

「そんな——皇帝の妻に相応《ふさわ》しくしようと、必死でした」

「ふふ、そんなふうには見えなかった。とても優雅だったぞ」

ラインハルトはアポロニアの顔を両手で包み、口づけを迫ろうと顔を寄せてきた。

と、そこへトッティーがけたたましく囀りながら飛び込んでくる。

「陛下、お取り込み中申し訳ありませんが、遅刻してきた招待客が来ました。十分だけ、控えの間においでください」

ラインハルトが顔を顰めた。

「仕方ない」

彼はアポロニアの頬を優しく撫でた。

「あなたは先に湯浴みして、楽な格好になるといい」

そう言い置いて、ラインハルトが退出した。いつもはラインハルトに影のように付き添っている白狼のアーマはその場に留まり、部屋の隅で伏せの姿勢になった。ラインハルトにアポロニアの護衛を命じられたのかもしれない。

「ふう……さすがに疲れたわ」

アポロニアは侍女たちを呼ぼうと、テーブルの上の呼び鈴に手を伸ばそうとした。そこへ、ヨハンナが現れた。

「皇妃様」

アポロニアはぎくりとして振り返る。音もなく彼女が入ってきたからだ。

「あ、びっくりしたわ。ヨハンナ、今呼ぼうと――」

ヨハンナは周囲を見回して他の者が誰もいないことを確かめ、懐から一通の書簡を取り出した。

「たった今、ネッケ国王から密書が届きました」

「密書ですって？」

「はい――ネッケ国王からの緊急連絡は、私の元に届けられる手筈《てはず》になっておりましたので」

アポロニアは嫌な予感がしたが、書簡を受け取ると素早く封蝋《ふうろう》を切って開ける。

『よくやった娘。よくぞ結婚まで漕《こ》ぎ着《つ》けた。これでグルーガー帝国は我が手に落ちたも同然だ。今後、お前に内部からの侵略の手引きを指示する計画を立てる。だが、引き続き皇帝の暗殺も心せよ。追伸弟君はまだ健在である』

書簡を持つ手がぶるぶる震えた。

「追伸」の文が胸を抉る。

エリクが人質になっている限り、アポロニアはネッケ国王の命令に背くことはできない。

「エリク……」

ヨハンナは無言でアポロニアの様子を窺っている。

アポロニアは書簡を折り畳むと、暖炉に投げ込んだ。書簡はぱっと炎を上げて燃え付きた。アポロニアは炎を見つめながら、ヨハンナに小声で言う。

「あなたも、娘さん夫婦を人質にされているのよね……」

ヨハンナは静かに答えた。

「はい。私はネッケ国王の指示に従うしかありません」

「――」

自分のために関係のない人々を犠牲にすることなどできない。改めてネッケ国王の卑劣さを思い知る。

「私、あなたの娘さん夫婦だけは、なんとしても無事にあなたの元へ帰したい。必ずそうすると約束するわ。だから希望をもってちょうだい」

無表情なヨハンナの目がわずかに色を持った。

「皇妃様――私は」

ヨハンナがなにか言いかけた。

ふいにアーマがむくりと起き上がり、喉の奥で低く唸る。

アポロニアとヨハンナはハッとして口を閉じた。アーマがいることを忘れていた。

「待たせたな、アポロニア。おや、まだ入浴も、着替えてもいないのか？」

直後、ラインハルトが戻ってきた。彼は上着を脱いでラフなシャツ姿になっていた。

「では私はこれで――」

ヨハンナは頭を下げて、入れ替わりに退出した。

ラインハルトはちらりとそちらに冷たい視線を投げる。

「どうも不気味だな、あの侍女は」

アポロニアは必死で気を取り直そうとした。ネッケ国王の密書のことをラインハルトに告げるべきかどうか迷った。

狡猾なネッケ国王のことだ。もしかしたら、どこかに間諜《かんちょう》を潜ませていてアポロニアの動向を探っているかもしれない。うっかりしたことは言えない。

「ごめんなさい。ちょっと疲れたので、ヨハンナに飲み物を持ってきてもらうと思って——」

一番信頼しているラインハルトに隠し事をすることに、ひどく胸が痛む。

ラインハルトは顔を振り向け、一転、蕩けそうな笑みを浮かべた。

「確かにくたくただろう。慣れない異国での結婚式だ。あなたがあまりに気丈に振る舞うので、誰もが感嘆していたよ。では——」

ラインハルトがひょいとアポロニアを横抱きにしてきた。

「あ」

「今夜は、私があなたのお世話をしようか」

ラインハルトはアポロニアの頬にちゅっちゅっと口づけをしながら、浴室の方へ向かう。一緒に湯浴みをするつもりなのか。

「あ、いいです、今侍女たちを呼びますから」

慌てて答えたが、ラインハルトはしれっと答えた。

「私たちの結婚式だというのに、今日は早朝から深夜まで、ずっと他人にかかりきりだった。今宵《こよい》が真実の初夜なのだ。もう二人きりになりたい」

「そ、それは——」

「あなたは二人きりになりたくないのか？　正式に夫婦になったのだぞ」

ラインハルトが顔を覗き込んでくる。その表情には昨日までの恋人っぽい甘さに加え、夫という包容力が加わったような気がした。一段と男としての魅力が増している。

「う……」

顔が真っ赤になるのがわかった。

「ふふ、照れているな。可愛いぞ、我が妻よ。我が皇妃よ」

ラインハルトは脱衣室の中に入ると、片手でアポロニアを抱きかかえたまま、乱暴にナイトドレスを剥いでいく。

「あ、あ、あ」

狼狽えているうちに、薄いシュミーズ一枚にされてしまった。

「よし」

ラインハルトはにっこりすると、そのまま浴室に入ってしまう。

夫婦の浴室に入るのはこれが初めてだった。白いタイルを敷き詰めた浴室は昼間かと思うほど明るく、泳げるくらいに浴槽が広々としていて驚いた。

ラインハルトがにやりとする。

「二人で入浴できるよう、特注で大きい浴槽を作らせたんだ」

「ま──あ」

他人と風呂を使うのは生まれて初めてだ。ましてや相手は夫とはいえ男性だ。照れ臭いやら恥ずかしいやらで、心臓がドキドキしてくる。

「あの……二人ではちょっと……」

「何をいまさら遠慮する？　もはやすべてを見せ合った仲ではないか」

「だって、明るすぎます。丸見えで恥ずかしい……」

これまでは、闇では灯りを落とし薄暗い中で秘め事を行っていたのだ。

「それがいいんだ。あなたの恥じらう姿が見たいんだ」

ラインハルトは平然と言い放ち、ざぶりとアポロニアを首まで浴槽の中に沈める。

「きゃっ」

薄いシュミーズが濡れて、身体の線がくっきりと浮かび上がってしまう。特に、乳房の盛り上がりの先端がツンと尖り赤く透けて見える様が、あまりに猥りがましい。膝を抱えるようにして、さりげなく胸元を隠す。

「私も脱ぐ。全部見せるぞ」

ラインハルトはぱっぱっと衣服を脱いだ。鍛え上げられた肉体は、芸術品のようだ。だが、股間の欲望はすでに猛々しく勃ちあがっている。

「あ……すごい」

思わずつぶやいてしまい、慌てて目を逸《そ》らせてしまう。

初めのうちこそは、勃起した男性器に凄まじい形状に恐れを抱いていたのに、今ではあれが自分の中に侵入して得もいわれぬ快楽を生み出すのだと想像するだけで、下腹部の奥がつーんと甘く痺れてしまう。

「さあ寛ぐか」

ラインハルトは遠慮なく浴槽に入ってくる。体格のいい彼が入ってくると、並々と張られていた湯がざばっと溢れ落ちた。彼はアポロニアと向かい合わせになり、長い足を伸び伸びと投げ出し、背中を浴槽の縁にもたせかけて大きくため息をついた。

「ああ――生き返るな」

彼は長い腕を伸ばして、アポロニアの細い肩にお湯を掬ってはかけてくれる。身体がぽかぽかしてくると、アポロニアも緊張が解《ほぐ》れてきた。

「ほんとうに……気持ちいい」

両手を浴槽の縁にかけ、わずかに両膝を緩めた。

するとと、ラインハルトの右足の先がそろりと股間に伸ばされてきた。

「あっ」

彼の足指が、剥き出しの陰唇を上下に撫でる。

「や、やめて、いたずらを……」

慌てて両膝を閉じようとすると、ラインハルトの足指がくちゅりと秘裂を暴いた。そのまま蜜口をぬるぬると掻き回す。

「あ、ん、だめ……」

アポロニアが甘く感じてしまう箇所を、彼の足指が的確に擦り刺激する。

「なんだかぬるぬるするぞ、これは湯ではないな」

ラインハルトが薄く笑い、少し奥をぐちゅぐちゅと掻き回す。

「んあぁ、あ、やあ……」

心地よさに悩ましい鼻声が漏れてしまう。足指が器用に秘玉を探り当て、つんつんと突《つ》つく。

「あっ……ん」

びくりと腰が浮いた。

「ふふ、すっかり感じやすくなったな。アポロニア。ここを自分で慰めたことはないのか？」

「え？　そ、そんなはしたないこと……し、しません」

顔を上気させて首を横に振ると、すっとラインハルトの足指が引っ込められた。ほっとして息を吐くと、思いもかけないことをことを命じられる。

「では、縁に腰をかけて、両足を広げて大事なところを見せてごらん」

「や……そんな」

「あなたは私に身を差し出す約束だろう？　なんでもするのだろう？」

少し意地悪く言われ、アポロニアは全身の血がかあっと熱くなる。それは恥辱だけではなく、官能の興奮のせいでもあった。

「は、い……」

アポロニアはゆっくりと身を起こすと、浴槽の縁に尻を下ろした。濡れて全身にべっとりと張り付いた絹の部屋着の裾を捲《まく》り上《あ》げ、下腹部を露出する。右足を浴槽にかけ、おずおずと足を開いた。

「綺麗だ。赤い花弁が綻んで、ぴくぴく震えている」

ラインハルトはうっとりした声で言う。彼の視線が秘所にちくちく突き刺さり、恥ずかしくてたまらないのに、どうしてか子宮の奥がじんと甘く痺れる。

「では、そこを自分で慰めてごらん」

「えっ？」

とんでも無い行為を要求され、狼狽えた。

「そ、そんなこと、し、したこともないのに……」

「いつも私が指であなたを気持ちよくさせているだろう？　同じようにすればいいんだ」

「う……」

涙目でラインハルトに無言で訴えるが、彼は穏やかだが断固とした声で言う。

「ほら、早くしなさい」

「うぅ……」

アポロニアは左手をそろそろと股間に下ろし、花弁に触れてみる。ぞわっと淫らな怖気が背中を走り抜け、媚肉がきゅんと震えた。愛蜜でぬるついている。なんていやらしいのだろう。割れ目に沿って指を上下に動かすと、腰が痺れるほど感じてしまう。

「あ、ぁ……んん……」

蜜口の浅瀬をぎこちなく掻き回していると、隘路の奥から新たな淫蜜がとろりと溢れてきた。

「いいね、とても気持ちよさそうだ。ほら、あなたの一番感じてしまう小さな蕾が触って欲しくて大きくなっているよ」

ラインハルトに促され、おずおずと割れ目の上の方に佇む秘玉に触れてみる。ぴりっと鋭い快感が走り、思わず甲高い声を上げてしまった。

「あっ、ん」

自分で触れてもこんなに快感を生み出すのか。

アポロニアは溢れる愛液を指で掬い、陰核の表面をぬるぬると撫で回した。

「あっ、あ、ああ、あ」

触れるたびに強い快美感が走り抜け、腰がびくびく浮く。同時に、触れてもいない乳首がじんじん疼き、痛いほど勃ちあがってくるのがわかった。

「あ、あぁ……ラインハルト様……胸、触ってもいい、ですか？」

「もちろんだ。あなたが気持ちよいと思うことを、存分にしなさい」

「は、はぁ……ぁ」

右手で乳房を掴み、揉みしだきながら中指で硬く勃ち上がった乳首に触れる。そこから生まれる刺激が下肢に走り、秘玉をますます鋭敏にさせる。

「……は、はぁ、んぁ、は、あぁ……」

乳首を転がすのと同じリズムで花芯を撫で回すと、どうしようもなく感じ入ってしまい、強い快感に見られている羞恥を忘れてしまった。

我を忘れて自慰に耽《ふけ》ってしまう。

ラインハルトは息を詰めてアポロニアの痴態を凝視している。

「気持ちいいのか？アポロニア」

彼の声が情欲に掠れている。

「んぅ、あ、は、はぁ、あ、ぁあ……き、気持ち……いい……です」

愉悦に支配されてしまうと、素直に恥ずかしい言葉が口から飛び出す。

媚肉の奥が飢えて、そこもいじって欲しいとアポロニアを急《せ》かすが、さすがにそこまで指を押し入れる勇気が出ない。焦れて腰がくねってしまう。自慰で達してしまう最後の一線がなかなか越えられない。

「あ、あ、やだ、もう……辛いの……どうにかして、ラインハルト様……ぁ」

アポロニアは指で陰唇をくぱっと開き、潤んだ瞳でラインハルトに訴えた。本能に追い立てられるような行為だったが、あまりに卑猥な格好だった。

ラインハルトの青い目がぎらりと妖しく光る。

「雪の女神ように清らかなあなたが、そんなふうに淫らに私を誘うとは——堪《たま》らない」

彼はぐぐっと身を乗り出してきた。

開いたままのアポロニアの両膝に手をかけ、閉じないように押さえつける。そして、股間に顔を寄せてきた。

「あっ……」

ラインハルトの意図を察して、アポロニアはぞくっと総身をおののかせた。彼の乱れた熱い息遣いが太腿に感じられ、興奮が昂《たかぶ》る。

「花弁が真っ赤に染まり、甘い蜜がとろとろと溢れてくるね」

ラインハルトが低くつぶやき、やにわにアポロニアの陰唇に吸い付いた。じゅるっと猥雑《わいざつ》な音を立てて、溢れる愛液を啜り上げられる。

「ああ、あぁぁっ」

悩ましい感触に、アポロニアは背中を仰け反らせて喘いだ。

ラインハルトはそのまま窄《すぼ》めた唇でぽってりと膨らんだ陰核を咥え込む。

「ひあぅっ、あ、舐めちゃ……あ、あぁ、あぁんんっ」

目も眩《くら》むような刺激が背骨から脳髄まで駆け抜け、アポロニアはびくんとを全身を震わせる。

あまりに強い愉悦に腰が逃げそうになるが、浴槽の縁にこしかけているせいで逃げ場がない。

ラインハルトは陰核を舌先でぬるぬると転がしたり、強弱をつけて吸い上げたりし、執拗になぶってくる。絶えず送り込まれる強い刺激に、子宮の奥がきゅうきゅう収斂してそれだけで達してしまいそうになる。

「あ、は、くぁ、あ、だめ……あぁ、だめぇ……」

アポロニアはいやいやと首を振る。

「あなたは可愛い――こんなにも素直でいやらしくて――それなのに、少しも無垢さが失われない――もっと乱したくなる」

ラインハルトがくぐもった声をだし、陰核を舐めしゃぶりながら長い指を媚肉のあわいに押し込んできた。

「ひううぅっ、あ、指、あ、あ、やだぁっ」

節高で長い指が、ぐにぐにと膣壁を掻き回しながら奥へ進んでくる。アポロニアの身体を知り尽くしたラインハルトの指は、子宮口の手前の膨らんだ肉壁をそっと押し上げた。

「は、はぁ、そこ、だめ、あ、だめぇっ……っ」

そこを刺激されると、どうしようもなく乱れてしまう。アポロニアは両手でラインハルトの頭を押し除《の》けようとしたが、両手に力が入らず、彼の濡れた髪をくしゃくしゃに掻き回すだけだった。

敏感な二箇所を同時に攻められ、アポロニアは容赦無く絶頂に追い上げられた。

「あ、あ、来る、あ、だめ、あ、もう、あ、達《い》っちゃ……うっ」

アポロニアは目をぎゅっと瞑り、襲ってくる愉悦の波に耐えようとした。だがたちまち意識は真っ白に染まり、深い快感に何もわからなくなる。

「だめ、あ……っ、んー、んんんーっ……っ」

全身がびくびくとのたうち、気持ちいいとしか感じられない。総身が硬直したのち、一気に力が抜け、隘路の奥からじゅわっと大量の愛潮が吹き零《こぼ》れた。

ラインハルトはじゅるじゅると卑猥な音を立てて、それをすべて啜り込んだ。

そのまま愛撫は終わらなかった。感じすぎて感覚を失った花芽をさらにねぶられ、硬く長い指がうねる内壁を突き上げる。

「いやーっ……あ、ぁあ、あーーっ」

たやすく二度目の絶頂に飛んだ。

それでもラインハルトは口腔愛撫をやめてくれない。

「……も、やめ……あぁ、やめ……おかしく……お願い、もう、許して……」

アポロニアは息も絶え絶えで懇願する。

「もっとおかしくしてやろう、私無しではいられなくしてやると言っただろう」

股間から顔を上げたラインハルトが、恐ろしげなセリフをつぶやく。

彼は素早く身を起こすと、アポロニアの腰を抱えてくるりと後ろ向きにした。

「両手をついて」

強い口調で言われ、ぼんやりしたまま浴槽の縁に両手をかけると、そのまま背後から覆い被さってくる。綻びきった媚肉の中心に、ぐぐっと欲望の先端が押し当てられたかと思うと、一気に貫いてきた。

「あああー、ああああああっ」

瞬時に絶頂を極めてしまう。内臓が押し上げられるような錯覚に陥るほど奥深くまで満たされた。

「熱い――あなたの中、吸い付いてくる」

ラインハルトは後ろから両手でアポロニアのふくよかな乳房を掴むと、乱暴に揉みしだきながらがつがつと腰を打ち付けてきた。

「だめーぇ、あ、だめえ、も、あ、もう……ぁあっ」

硬い肉棒が最奥を突き上げるたびに、目の前に喜悦の火花がばちばちと散る。

快楽は底なしだった。

「や、め、あ、また……ああ、またぁ……っ」

「何度でも達くといい」

ラインハルトは息を乱し、がむしゃらに腰を穿ってくる。

「ひあぁ、あ、あ、は、はぁ、はぁあぁっ」

肉茎を深く挿入されたまま、腰骨全体を揺さぶられると、全身が快楽に蕩けて絶頂に達ったまま下りて来られなくなった。

「だめぇ、あ、だめ、あ、また、また達く、あ、またぁ、終わらない……終わらないのぉ……」

剛直で胎内を激しく蹂躙され、アポロニアはぽろぽろと歓喜の涙を零した。

広い浴室に自分の甲高い嬌声が反響し、城中に聞こえてしまいそうだ。だが、そんなことを気にする余裕はもうなかった。

「ここが悦いのだろう？　ここか？」

ラインハルトは心得たようにアポロニアの一番ダメになってしまう性感帯を攻め立ててくる。

「んぁああ、あ、い、いい……あぁ、悦くて……あぁ、堪らない……っ」

もはや快楽を貪るメスに成り果てたアポロニアは、欲望に忠実に声を上げる。

「いいか？　ここか？　もっとか？」

ラインハルトは灼熱の肉槍《やり》で、がくがくとアポロニアの最奥を捏《こ》ね回《まわ》す。

「あ、あ、そこ、あ、いい、そこ、あ、感じる、あぁ、感じちゃう……っ」

奥を揺さぶられるのがどうしようもなく悦くて、意識せず腰が背後に突き出し、ラインハルトの律動に合わせて揺れてしまう。

ぐちゅんぐちゅんと粘膜の打ち当たる音、互いの荒い呼吸音、そしてあられもない自分自身の喘ぎ声が、耳孔をいっぱいに満たしていく。

最後の絶頂の熱波が下肢から迫り上がってくる。

「んんー、あ、んん、も、だめ、あ、も、もう、ああ、来て、ラインハルト様、もう、来てぇ……っ」

アポロニアは全身をぐうっと硬直させた。内壁が強くイキみ、ラインハルトの肉胴をきりきりと締め上げた。

「く、出る、達くぞ、アポロニア、達く——っ」

ラインハルトが低く呻き、総身をぶるりと震わせた。

「あ、あああぁ、あああぁぁっ」

脳髄まで焼き切れそうな快感が身体の隅々まで走り抜けた。

直後、どくんと肉棒が胎内で大きく跳ね、小刻みにおののく。

熱く滾《たぎ》った迸《ほとばし》りが、子宮口に注ぎ込まれた。

「……あ、ぁ、は、あ……」

「は——あ」

すべてを奪いすべてを与え合った。

二人は深く繋がったまま、しばらく浅い呼吸を繰り返す。

力を使い果たし、もう指一本動かせないと思うのに、媚肉は快感の余韻に貪欲にうごめき、ラインハルトの白濁液を余すところなく受け入れようとする。

自分の身体が、どんどんラインハルトによって淫らに作り替えられていく。けれど、それがなぜか嫌ではない。

「ああ――アポロニア」

ラインハルトが大きく息を吐き、アポロニアの背中から腰のラインを愛おしげに撫でた。その感触だけで、再び軽く達してしまう。

「最高だった――」

彼が腰を引き、萎えた肉棒がゆっくりと抜け出ていく。

「あ、ん……」

その喪失感にすら甘く感じ入ってしまった。

開き切った花弁から、愛液と性液のまじったものがどろりと吹き零れ、太腿まで生温《なまぬる》く伝っていく。

「このままでは冷えてしまうな」

ラインハルトはぐったりと脱力したアポロニアの身体を背後から抱きかかえ、浴槽に沈み込んだ。

「あ……」

ぴったりと触れ合う肌の感触に、どうしようもなく幸せを感じる。

「私の女神、私のアポロニア」

ラインハルトがうなじや首筋に口づけを落とし、頬を辿り唇を塞いでくる。

「ん……ん」

労《いたわ》るような優しい口づけを受け、アポロニアにも応えるように彼の唇を啄む。

「――好きだ、アポロニア――」

朦朧とした頭の中に、ラインハルトのささやきが響いた。

聞き間違いだろうか。

ぼんやりとラインハルトを見上げると、彼はもう何も語らず少し照れたように目を細めて笑いかけてきた。

(ああ……どうしよう。この人を失いたくない)

せつない渇望がアポロニアの胸に迫り上がってきた。

エリクを救い出すための、一年だけの妻なのに――。

彼の眼差しがあまりに眩しくて、アポロニアは思わず目を伏せてしまった。


夜明け前。

アポロニアは、ラインハルトの腕の中で目を覚ました。

あれから浴室で二回交わり、ベッドに入ってもう一回熱く睦み合った。

ラインハルトの欲望は尽きず、その激しい劣情にアポロニアまで巻き込まれ、数えきれないほど絶頂を極めてしまったのだ。

さすがに精魂尽き果てたのか、ラインハルトはぐっすりと寝入っている。

アポロニアはそろそろとベッドを抜けると、ガウンを羽織って足音を忍ばせてベランダに出た。

毎晩、エリクのための祈りだけは欠かさないように心がけていた。

北の一等星を仰ぎ、胸の前で両手を組んで祈りの言葉をつぶやく。

「エリ　ノバル　エリク」

自然に次の祈りが口をついて出た。

「エリ　ノバル　ラインハルト」

ラインハルトに幸せが来ますように。

心から祈らずにはいられなかった。


グルーガー帝国の王家の慣《なら》わしでは、結婚後一週間は『蜜夜の儀』と称して、皇帝夫婦は公務をなるだけ控え、ゆったりと夜の営みに集中することになっていた。皇帝の結婚は後継を成すことが重要事項であるので、それは当然と言えば当然ではある。

しかし、この結婚はネッケ王国を油断させるための建前だ。子どもを成しては事情が複雑になってしまう。

結婚式の翌朝、ラインハルトが目覚めると、アポロニアはその懸念を切り出した。

「今後は避妊だけは、お願いします」

ベッドの中でアポロニアに腕枕をしていたラインハルトの肩が、ぴくりと硬直する。

「子どもができては困ると言うのか？」

ラインハルトが片眉を持ち上げた。彼は不機嫌になると、右の眉が吊《つ》り上《あ》がるということに、最近アポロニアは気がついた。

「だ、だって、私たちの結婚は一年だけの話でしょう？」

ラインハルトはむすっとして答えた。

「確かに、あなたの弟君を救出するのが条件だったな」

「ええそうです。それまでは、私はあなたに身を尽くして仕えます。そして、エリクを私の元に連れ戻してくだされば——私は弟と共に、この国を出て行こうと思います」

ラインハルトはますます不機嫌そうな顔になる。

「あなたはなぜそう、一かゼロかの考えになる」

「え？」

「逆に、弟君を救い出したら、あなたは心置きなく、ずっと皇妃としてここにおればいいのではないか？」

「でも、そんなことをしたら、ネッケ王国が黙ってはおりません。あの残虐なネッケ国王が、怒りくるって必ずこの国に攻めてくるでしょう。あなたは戦争を嫌悪なさっておられるのでしょう？　私が離縁されてこの国から去れば、戦争は避けることができると思うのです」

ラインハルトはますます怖い顔になった。

「あなたは、それほどまでに弟君が大事で、私のことなどどうでもいいのか？」

ラインハルトがまっすぐな眼差しで見つめてくる。

「私はあなたが気に入ったと言ったはずだ」

「だって、それは……」

「あなたの若さと肉体を一年の間、ほしいままにできるからだけだと思っているのか？　あなたはそれほど、私をみくびっているのか？」

「え――」

アポロニアは、ラインハルトが何に腹を立てているのかわからなかった。彼とこの国のためを思って言っているのに。

ふいにラインハルトが頭の下から腕を抜き取り、ベッドから飛び降りた。

「もういい――あなたの気持ちはわかった。『蜜夜の儀』は終わりだ」

彼はさっさとガウンを羽織った。そして、そのまま寝室を出て行ってしまう。

「私は公務に出る。あなたは好きにゆっくり過ごすといい」

アポロニアは呆然《ぼうぜん》して彼の後ろ姿を見送っていた。

寝室の隅で伏せていたアーマが、起き上がってラインハルトに付いて行こうとした。が、思い直したようにこちらに戻ってきた。彼はベッドの上に大きな頭をもたせかけ、ぺろりとアポロニアの手を舐めた。それはまるで、慰めてくれているようだった。アポロニアはアーマの頭を撫でながら、ため息をついた。

「アーマ……あなたの言葉が私にもわかるといいのにね……そうしたらラインハルト様のお気持ちも聞けるのに……」

ラインハルトに冷たく突き放され、アポロニアはなぜか心がひどく傷ついてしまった。

甘い新婚初日のはずが、二人の間に隔たりができてしまった気がした。


早朝から執務室に現れ、いつものとおりに自治体からの陳情書に目を通し始めたラインハルトの姿を見て、掃除をしていたガルバンはびっくりしたように声を上げた。

「陛下、ここで何をなさっているんですか？」

「何って、見ればわかる。仕事をしている」

ラインハルトはぶすっとして答えた。ガルバンが呆《あき》れたように肩を竦めた。

「いくら仕事の鬼だからって——昨日ご結婚なさったんですよ。新婚ほやほやなんですよ。『蜜夜の儀』はどうしたんですか？」

「あれはもういい」

ラインハルトは書類の文字に集中しようとした。

「いいって——そんな投げやりな。新妻を放っておくなんて、かわいそうでしょう？」

ラインハルトはばさっと音を立てて書類を机の上に叩きつける。ガルバンの肩に止まっていたトッティーが驚いて、ぱっと飛び上がった。

「かわいそうなのは、私の方だっ」

ラインハルトが声を荒げたので、ガルバンが目を丸くする。

ラインハルトはいつもの自分らしくなく感情的になったことに気がつき、素早く声のトーンを落とした。

「アポロニアは、私の子どもが欲しくないと言った」

「——なるほど、不機嫌のわけがわかりましたよ」

「彼女の弟君を救い出す一年の猶予の間だけ、結婚を続けると言い放った。その後は、離婚して弟君とこの国を出ていくそうだ」

言っているうちに、再び腹立たしくなってしまう。

「私のことが、それほど嫌いなのだ」

ガルバンがじっとこちらを見つめている。

「それは違うと思いますけどねえ」

軽口を叩かれたような気がして、ラインハルトはじろりとガルバンを睨んだ。

「好かれなくて、当然だ。望んでここに来たのではないのだからな」

脳裏にアポロニアのいたいけな姿を思い浮かべると、怒りより哀《かな》しみが心に広がっていく。

「アポロニアは、少女の時に祖国を滅ぼされ、敵国で辛い生活を送ってきた。その上、最果てのこの国に貢物にされて来た。彼女の意思は何一つ尊重されないままだ。だから——私はアポロニアがしたいと望むことは、なんでも叶《かな》えてやりたい――」

ガルバンがしみじみとつぶやく。

「陛下――アポロニア様がそれほど大事なんですね。それって、愛ですよ」

ラインハルトは馴染みのない単語に目を瞬く。

「愛、だと？　まさか？」

ガルバンが苦笑した。

「うわあ、ハイスペックな皇帝陛下の唯一の弱点は、恋愛スキルでしたか」

ラインハルトは頬に血が上るのを感じた。

「揶揄うな！」

ガルバンは臆せず続ける。

「陛下、アポロニア様を手放したくなければ、もっと頑張らないと」

「なにを頑張るというのだ？」

ガルバンがにっこりした。

「アポロニア様が喜ぶことをしてあげて、乙女心を獲得するんです。アポロニア様に、陛下から離れたくないって言わせなくちゃ」

ラインハルトは唇を噛んだ。

「乙女心など、わからぬ」

ガルバンはくすくす笑う。

「そこは、努力ですね、陛下」

ラインハルトはうつむいて黙り込む。

戦いや国務においては、誰にも引けを取らない自信もあるしいくらでも努力を惜しまない。だが――アポロニアの心を掴む術など、なにもわからない。

アポロニアを幸せにしたい、と心から思う。彼女が自分の元を離れることが幸せなら、そうしてやりたい。だが、手放したくない。誰にも渡したくない。ずっとずっと手元において、笑いかけて欲しい、抱きしめたい、彼女との子どもが欲しい。

矛盾した感情にラインハルトは混乱しきっていた――これが誰かに恋すると言う気持ちなのか。だとしたら、初めての恋だ。

愛、という言葉はラインハルトの胸の奥に優しい柔らかな感情の種を植え付けた。その種が、ゆっくりと芽吹くような気がした。今まで知ったことのない、とても甘酸っぱく擽ったく幸せな気持ちだった。

ラインハルトはおもむろに顔を上げた。

「ガルバン、話がある。少し近くへ寄れ」

ラインハルトの真剣な口調に、ガルバンが表情を引き締めた。

「御意」

ラインハルトは小声でガルバンに話し始める。

ガルバンはひと言も聞き漏らすまいと、一心に聞き入っていた。

一方で、アポロニアは。

城奥の王家専用の中庭に出て、ベンチにぼんやりと腰を下ろしていた。足元にはアーマが護衛するように伏せている。ヨハンナには別の用事を与え、引き下がるように命じた。

一人になりたかった。

いつも思いやり深く優しく接してくれるラインハルトを怒らせてしまったことが、心の中に深い棘《とげ》となって刺さって抜けない。

子どもが欲しくないと言ったことが気に障ったのかもしれない。皇帝なのだから、後継が欲しい思うのは当然だ。だが、それは期限付きの妻であるアポロニアには相応しい役目ではない。

どうしたら彼の気持ちを宥めることができるのだろう。

側室を娶《めと》ることを勧めれば――権力者が正妻の他に複数の愛人を抱えることは、珍しいことではない。現に、ネッケ国王にも正妻の他に十名を下らない側室がいた。ただ、彼はマリエ王女しか子宝に恵まれなかっただけだ。

ラインハルトに側室を――そう考えた瞬間、胸が抉られるようにずきりと痛んだ。

「いや……！」

ラインハルトが他の女性を甘く抱くことを想像しただけで、嫌悪に全身が震えた。ラインハルトの子どもを産みたくないと宣言しておいて、なんと自分勝手なのだろう。

自分の本心がどこにあるのか、アポロニアはわからなくなってしまった。

ふいにアーマがむくりと起き上がり、喉の奥で低く唸る。背後の木陰から、低く呼びかける声が聞こえた。

「――王女殿下」

聞き覚えのある声に、アポロニアはハッと振り返る。

「えっ？　まさか――ディレック？」

木陰から、音もなくフードで顔を覆った黒づくめの衣装の男が現れた。彼はアポロニアの前に跪き、フードを外す。顔中に剣の傷跡が残っていて痛々しい。だが、その目は力強く光っている。

「王女殿下――お元気そうでなによりです」

アポロニアは忠義な騎士との再会の喜びに、目に涙が浮かんできた。

「ああディレック、あなた、よくぞ無事で……」

「あの時、息の根を止められる直前に、殿下が命を賭して私を救ってくださいました。瀕死《ひんし》でしたが、港の船に待機させていた部下が救い出してくれたのです。ずいぶんと生死の境を彷徨いましたが、南の十字星のご加護で、こうしてお目にかかることができました」

油断ない目つきでディレックを睨んでいたアーマは、アポロニアに害をなさないと判断したのか再び静かに足元に伏せた。

アポロニアは両手を差し伸べて、ディレックの肩に触れた。

「ほんとうによかったわ、よく生き延びてくれました」

声を震わせると、ディレックも涙声になる。

「ずっと殿下にお会いできる機会を窺っておりましたが、ネッケ王国に潜入することは非常に難しく、心苦しい思いでした。殿下がこの最果ての国の王妃となられたと聞き及び、こうして忍んで参ることができました」

「そんな危険を冒してまで……」

　ディレックは顔を上げ、真剣な声で言った。

「殿下。この十年、私は祖国の残党を集め、着々と目的に向かって軍備を蓄えてまいりました」

「目的？」

「無論、ダールベルク王国再建です」

「ダールベルク王国再建――」

「王家の王女たるアポロニア様が先頭に立ってくだされば、我々残党の兵士たちの戦意はいやが上にも高まりましょう。どうか王女殿下として、我々の元へお戻りください。そして、どこか南の地で、新たなダールベルク王国を再興しましょう」

　ディレックは深々と頭を垂れる。どこまでも忠実な彼の心意気に、アポロニアは胸を打たれた。

しかし――。

「でも……エリクはまだ敵国の捕虜なの。エリクは唯一の王子なのよ。あの子こそ、ダールベルク王国に必要でしょう」

　ディレックが苦悶《くもん》の声を出す。

「無念ですが、我々の軍勢では、ネッケ王国に攻め入りエリク王子殿下をお救いする力はございいません。エリク様のことは諦めていただくしか――」

「それはだめです！　エリクを見捨てるなんてできません！」

アポロニアは思わず大きな声を出してしまった。

「何者だっ？」

突然、ラインハルトの鋭い声がし、目にも止まらぬ速さで彼が突進してきた。あっと思う間もなく、ラインハルトはディレックを押し倒してのしかかり、その喉元に抜いた剣先を押し当てていた。一部の隙もない俊敏な動きであった。

「皇妃の命を狙う曲者《くせもの》か？　ネッケ王国からの暗殺者か？」

ラインハルトは恐ろしげな表情でディレックを問い詰める。今にも喉を掻き切りそうな殺意を感じ、アポロニアは慌ててラインハルトに縋りついた。

「ラインハルト様！　彼は私の臣下です！　私とエリクを守ってくれた、ダールベルク王国の忠実な騎士です！」

ラインハルトは剣を構えたまま、ちらりとかたわらにいるアーマに視線を送った。

アーマは落ち着いた様子でかすかに頭を振る。

「確かに――あなたに危険があれば、まずアーマが容赦なく襲っているはずだな」

ラインハルトは用心深くディレックの上から退いた。

歴戦の騎士であるディレックも、ラインハルトの迫力に顔色を失っている。彼はゆっくりと起き上がり、ラインハルトの前に跪いた。

「皇帝陛下、無断侵入して誠に失礼いたしました。私はディレックと申します。ただ、無事な王女殿下にお目通りしたかっただけなのです」

「ふむ——こちらこそ失礼した。あなたが幼いアポロニアたちを、命を賭けて守ろうとした忠臣ディレック殿だな」

ディレックが驚いたように顔を上げる。

「私のことを、ご存知であられましたか？」

「アポロニアからは、ダールベルク王国の話をよく聞いている」

「そうでしたか」

すっとアーマがラインハルトに身を寄せ、彼の手に頭を押しつけた。ラインハルトの右眉がかすかに上がる。

「貴殿はアポロニアを旗印に、祖国再建を興そうとしているのか」

ディレックがますます呆気《あっけ》にとられた顔になる。

「な、なぜそれを——」

アポロニアには、アーマがアポロニアたちの会話を理解し、その経緯をラインハルトに思念で伝えたのだとわかった。

ラインハルトは剣をすらりと腰の鞘《さや》に収めた。そして、腕組みして断固とした表情で告げる。

「アポロニアを渡すわけにはいかぬ。彼女は今やこの国の皇妃、そして私の妻だからな」

「は？　し、しかし——」

ディレックは困惑して口ごもる。

ふいにラインハルトは口元に笑みを浮かべた。

「だが、祖国復興のあなたたちの願いは痛いほど理解できる。我が国があなた方に力を貸すことができるか、共に考えようではないか。あなたはしばらくこの城に賓客としてとどまるがいい。時間を見繕い、じっくり今後のことを話し合いたい」

ディレックが感動したような表情になる。

「なんと、懐の深いお言葉――感謝の念に耐えません」

やにわにラインハルトは、そばの植え込みに向かって声をかけた。

「侍女、そこにいるのだろう？　出てきて、この騎士を賓客として丁重におもてなしせよ」

植え込みの陰からヨハンナが姿を現した。彼女は頭を低く下げ、摺《す》り足《あし》で近づいてきた。

アポロニアは少しびっくりした。いつからヨハンナはいたのだろう。

「失礼しました。皇妃様のお邪魔にならないよう控えておりました」

ヨハンナの言葉に、ラインハルトの右眉がかすかに上がる。

「忠実であるな。言われた通り、ディレック殿をご案内せよ」

「かしこましました。どうぞ、こちらへ――」

ヨハンナに促され、ディレックは立ち上がった。彼は恭しく一礼した。

「陛下、お言葉に甘えさせていただきます」

「うん。今夜、夕食後にあなたの部屋に使いを寄越す。忌憚《きたん》なく話し合おう」

「御意。では、王女殿下――いえ、皇妃様、いったん失礼します」

ラインハルトはヨハンナとデイレックの姿が見えなくなるまで、じっと見送っていた。

「忠義な騎士であるな――我が城に無断侵入したのは勇み足だが」

アーマがラインハルトの手にもの言いたげに鼻面を押し付けた。ラインハルトがアーマの頭を撫でた。アーマがなにかラインハルトに思念を伝えたらしく、ラインハルトが小声で答えた。

「ああそうだな、お前の言う通りだ――未来のパズルのピースが、ひとつひとつ集まってきた」

アポロニアは二人が思念で何を語らっているのか知りたいと思った。こっそりとアーマの尻尾に触れようと手を伸ばすと、ふいにラインハルトがくるりと振り返った。アポロニアは慌てて手を引っ込める。

今朝はひどく不機嫌そうだったが、今の彼はいつものように穏やかだった。

「アポロニア――どうだろう。この機会に、共に我が国を巡らないか？」

「え？」

「その――蜜月旅行というやつだ。ちょうど地方視察をしたいとも考えてもいた。お忍びで、各自治体を回ろう」

「蜜月旅行――旅に出るのですか？」

「ああ、あなたはこの国の景色を何も知らぬだろう？　風光明媚《ふうこうめいび》な地域もたくさんある。ぜひ、連れて行きたい。なに、視察はついでで、二人で物見遊山しようということだ」

「物見遊山……」

嬉しさに心臓がドキドキしてきた。

祖国が滅ぼされるまでは外国に出たことはなく、捕虜となって窓を塞いだ薄暗い箱馬車で移動させられ、それ以来ネッケ王国城から一歩も出られなかった。グルーガー帝国へ貢がれるための道中が、唯一の旅行と言えたが、あの時は絶望と緊張でとうてい観光気分にはなれなかった。

アポロニアが返事をしないので、ラインハルトは長身を折り曲げて顔を覗き込むようにしてきた。

「乗り気でないか？」

アポロニアはハッと我に返り、首をぶんぶんと横に振る。

「いいえ、いいえ。行きたいです！　この国のいろいろなところに行ってみたいです！」

ラインハルトがにっこりした。

「よし、決まりだ！　早速大急ぎで旅の支度をさせよう。そうだな、明日の午後には出立できるようにしようか。侍従たちは最低限の人数に抑え、二人だけの旅を満喫しよう。アーマが一緒なら、仰々しい警護は必要ないからな」

「二人だけの……はい！　楽しみです」

アポロニアは溢れるような笑みを返した。

「よかった――元気が出たようだな」

「え？」

ラインハルトは軽く咳払いしてから、生真面目な顔になった。

「今朝は、その、そっけない態度を取ってしまった。大人げなかったと、反省している」

「――」

アポロニアは目をぱちぱちさせた。

体格のいいラインハルトが、背中を丸めて神妙そうにしている。いつもの猛々しい狼皇帝の雰囲気が消えてしまい、なんだか気の弱い大型犬のようだ。そんな様子を見ると、さっきまで一人でしょんぼりとしていた気持ちが、みるみる晴れてくる。

「いいえ、私こそ。言いすぎました」

ラインハルトの表情がぱっと明るくなる。

「そうか、では『蜜夜の儀』はこれまで通り――」

「ですから、御子《みこ》は次の皇妃となる方とお作りになれば――」

二人の言い分が食い違い、とたんにラインハルトが険しい顔つきになった。

「次など、ない！」

いきなり怒鳴りつけられて、アポロニアはびくんと肩を竦めた。優しいかと思うと急に怒り出す。自分の言動のなにが彼の気分を害するのか、アポロニアには見当がつかない。

ラインハルトは少し乱暴にアポロニアの両肩を掴んだ。

「なぜあなたはわからない――私は」

アポロニアは怯えて身を固くした。

「がうっ」

突然アーマが凶暴な声で唸り、二人の間にぐいっと巨体で割って入った。アーマは鋭い眼差しでラインハルトを睨んだ。険悪な雰囲気を押《お》し留《とど》めようとするかのようだ。

「あ——乱暴にするつもりはない」

ラインハルトが慌てて手を引いた。彼は気まずそうに小声になる。

「この話は、またいずれしよう」

「そ、そうですね」

ラインハルトはまっすぐに顔を振り向け、真摯な声で言う。

「せっかく縁あって結婚したのだ。今は、楽しいことだけを考えよう」

そんなせつない目で見られたら、彼の言うことならなんでも聞いてしまいたくなるではないか。

「ええ。結婚式の翌日から言い争いすることは、ないですね」

「そうだとも。いちおう新婚なのだからな」

「ええ、いちおう」

「ふふっ」

ラインハルトが微苦笑する。

「ふふ……」

つられてアポロニアも笑ってしまう。

ラインハルトが額をこつんとぶつけてくる。鼻先を擦り合わせ、軽く唇に触れてくる。

仲直りの啄むような口づけに、気持ちが甘く優しく溶けてくる。

アポロニアもお返しに彼の唇に口づけを返す。顔を見合わせ、何度も口づけを交わす。

二人はしばらくくすくすと笑い合った。

アーマが呆れたようにすん、と鼻を鳴らし、その場に伏せた。


その日の晩餐は、ラインハルトはそそくさと済ませて、先に席を立った。

「これから、ディレック殿と少し話をしてくる。結婚したばかりで一人にさせるのは気が引けるが、旅立つ前に、彼の意向を詳しく知っておきたいのだ。あなたは先に休んでいてもいい」

「わかりました。どうかディレックのことをよろしくお願いします。私は、お戻りをお待ちしますから」

「いや――遅くなるかもしれないから」

アポロニアは柔らかく笑いかける。

「いえ、お待ちします」

ラインハルトが嬉しげに目を細めた。それだけで、胸がきゅんとときめく。

期限付きの形式的な結婚だと思っていたけれど、すっかり新婚ぽい雰囲気になっていて、こそばゆく幸せな気持ちになる。

ラインハルトが提案した通り、今はこの甘い気分だけを甘受しよう。

ヨハンナを従え、夫婦の部屋に戻る。後からアーマが守護するように付いてくる。

「アーマ、あなたはラインハルト様の使い魔なのだから、私に付いてこなくてもいいのよ」

そう声をかけたが、アーマは尻尾を軽く振っただけでアポロニアから離れようとしない。ラインハルトから、アポロニアを護衛するように命令されているのかもしれない。

ヨハンナに手伝ってもらい湯浴みと着替えを済ませ、夫婦の寝室に入る。ガウンを羽織り、暖炉の前の椅子に腰を下ろして読み差しの本を開いた。足元にアーマが伏せる。

読んでいるのはこの国の神話物語だ。

北国独特の神様や風物の描写がとても面白い。特に、アポロニアを称賛するときにこの国の人々からよく使われる「雪の女神」の物語は秀逸だ。

氷に閉ざされたグルーガーの地を、暴虐な太陽神が灼熱の炎で焼き払おうとするのを清廉な雪の女神は身を挺《てい》して阻止する。太陽神の炎を吹雪を起こして消し去り、最後には太陽神を退却させる。だが、雪の女神は力を使い果たしすっかり溶けてしまう。水と化した女神は、グルーガーの地を跨ぐ一筋の大河となる。大河は土地を潤し、緑豊かな土地を生み出した。人々は、雪の女神をグルーガー国の守護神として、今でも崇めているのだ。

深夜が過ぎてもラインハルトは戻らず、アポロニアはついうとうとしてしまう。

手から本が落ちて、床に転がったことにも気が付かなかった。

「アポロニア、風邪を引いてしまうぞ」

そっと声をかけられ、ハッとして目が覚めた。

いつの間にかラインハルトに抱き上げられていた。まだ夢見心地な瞳で彼を見上げる。

「あ……ごめんなさい。うたた寝してしまいました」

「話に熱が入った。待ちくたびれさせてしまったな」

「いいえ――ディレックとの話し合いはうまくいきましたか？」

「ああ。彼はこの国を出ていくことになった。もうあなたには付き纏《まと》わぬそうだ」

「え？　でも、ディレックは祖国再建のために、ダールベルクの残党を集めていたはずです。彼らはどうなるのですか？」

ラインハルトはアポロニアの心を覗き込むように、じっと見つめた。

「あなたは、祖国再建の旗印になるつもりはないのだろう？　それならば、彼らに気遣いをする必要はない」

「でも、流浪の身になったとしても、ダールベルク王国の民には変わりありません。彼らは私の国の民なのです。彼らに無謀なことはさせたくないの」

ラインハルトは小さくため息をつく。

「やはりあなたは気高い王女なのだな」

それから彼は安心させるようにゆったりとした笑顔になる。

「心配しなくていい。ディレック殿たちの身の振り方は、私が責任を持つ」

アポロニアはほっと胸を撫《な》で下《お》ろす。

「ああ……あなたがそうおっしゃられるのなら、安心です」

「私を信じてくれるのか」

「はい――ラインハルト様が口になさることに、いつも嘘はないと感じられるのです」

ラインハルトがわずかに右眉を上げる。

「私が口にしないことがいろいろあると、言いたそうだな」

アポロニアは苦笑する。

「私は幻獣ではないので、あなたのお心を全部は読み取れません」

「そのようだな、あなたは肝心なことがまるでわかっていない」

「え？　それはどういう……？」

「まあいい。夜も深い。星に祈りを捧げてから、眠るとしよう」

ラインハルトは話を切り上げ、アポロニアを抱いてベランダに出た。

二人は北の一等星を見上げ、それぞれの祈りを口にする。

「エリ　ノバル　エリク」

「エリ　ノバル　アポロニア」

アポロニアは密《ひそ》やかな声で続ける。

「エリ　ノバル　ラインハルト」

「？」

ラインハルトが驚いたように目を瞠る。アポロニアは顔が真っ赤に染まるのを感じた。

「夫婦になったのですから、互いの幸福を願うのは当然でしょう？」

「そうか、そうだな。うんうん」

ラインハルトが心から嬉しげに笑う。

アポロニアはその笑顔だけで全身が熱く昂り、甘い心地よさに満たされた。


翌日午後。

城の正門前に、皇室の旅行移動用の堅牢《けんろう》で大きな馬車とお供の者たちが乗る馬車、そして旅行の荷物を積んだ小さな馬車が、用意されていた。

警護の兵士はわずか数名のみだ。

皇帝夫妻の世話をする侍従と侍女もそれぞれに二人ずつだけが同行することになっていた。

馬車の脇にはアーマが控えている。

一国の皇帝の旅支度にしては、お忍びの旅行としてもあまりにも慎ましい気がした。

だが、ラインハルトは至極満足そうだ。

「これで心ゆくまで旅行を楽しめるぞ」

もともと贅沢を好まないアポロニアは、それでも構わなかったが、警備が手薄ではないかと不安になる。そのことをラインハルトに告げる。

「なんだ、そんなことを心配していたのか。よし、アーマ、見せてやれ」

すると、もともと獅子《しし》くらいの大きさがあったアーマが、みるみる巨大に膨れ上がった。

「あっ？」

あっという間に馬車を軽く超える大きさになったアーマに、アポロニアは驚きの声を上げてしまう。

ラインハルトが得意そうに言う。

「どうだ？　彼はなろうと思えば巨大化できるのだ。いざという時は、アーマは一師団くらいの戦闘力を発揮する。彼には人間の思考を一時停止させる能力もある。並大抵の軍隊など、あっという間に殲滅《せんめつ》してしまうぞ」

アポロニアは巨大化したアーマをつくづくと見上げた。

「素晴らしいわ――幻獣って、なんてすごい生き物でしょう。そして、その幻獣を操れるラインハルト様も、また素晴らしいです」

キラキラした瞳でラインハルトを見上げると、彼は少しはにかんだように笑う。

「あなたが素直に感動してくれると、なんだか誇らしくなるな」

アポロニアは、ラインハルトが実の父皇帝から魔術の力を持っていることで虐待されていたことを思い出す。声に力を込めて言う。

「誇ってください」

ラインハルトは嬉しげに目尻に皺を寄せて笑う。

「あ、そういえば、ガルバンはどこですか？　てっきり私たちにお供するものだとばかり思っていました」

「あいつは他国と交渉する別の仕事を与えた。今はここにはいない。あいつに大事な蜜月旅行を、茶化《ちゃか》されたくないからな」

「まあ、残念だわ。あの子がいるととても楽しいのに」

「それが気に食わないと言っている。いくら弟君によく似ているからと、あなたはガルバンに気安くし過ぎだ」

ラインハルトのつんとした答えに、アポロニアは少し笑ってしまう。

「いやだ。ラインハルト様、もしかして、ヤキモチですか？」

「そんなわけないだろう」

ラインハルトが憤然と答えた。

と、背後からヨハンナが遠慮がちに声をかけてきた。

「――私も皇妃様に同行させていただけませんか？」

ラインハルトはちらりとヨハンナを見ると、

「今回は私の選んだ侍女を連れていく」

と冷たく言い放つ。

アポロニアは、前々からラインハルトがヨハンナに、いささか厳しい態度を取ることが気がかりだった。

「あの、ラインハルト様。ヨハンナを同行させてあげませんか？」

「なんだって？」

ラインハルトが顔を顰める。

「ヨハンナは家族を祖国へ置いて、ただ一人で私のお付きでこの国に来たのです。きっとどんなに寂しいでしょう。彼女にだって、少しは楽しい思いをさせてあげたいんです」

その言葉に、ヨハンナが心打たれたように顔を上げた。

「皇妃様――」

ラインハルトは気難しい顔をした。

「アポロニア、あなたの優しい気持ちはよくわかったが――」

ラインハルトが言《い》い淀《よど》んでいると、ふいにヨハンナが頭を下げ、きっぱりとした声を出した。

「私はここに止まり、留守を預かります。出過ぎたことを申しました。お許しください」

「ヨハンナ――遠慮しなくてもいいのよ」

「いいえ。お気持ちだけで充分でございます」

ラインハルトはヨハンナをじっと見た。

「では、お前は残れ」

「かしこまりました」

アポロニアはヨハンナを気遣った。

「なにかお土産を手に入れてくるわね、楽しみにしていてちょうだい」

ヨハンナがわずかに顔を上げ、微笑のようなものを浮かべた。

「お気遣いなく。ご無事でお戻り下さい」

ヨハンナが感情を表に出したのはこれが初めてだった。

「では出立だ」

ラインハルトは供の者たちに声をかけ、自ら馬車の扉を開いた。そしてアポロニアに芝居がかった仕草で手を差し伸べる。

「どうぞ奥様、お乗りください」

「ふふ――はい、旦那様」

アポロニアも調子を合わせ、ラインハルトの手を借りて馬車に乗り込んだ。後から身軽な動作でラインハルトが乗り込み、アポロニアの向かいに腰を下ろした。

「よし、出せ！」

ラインハルトが御者台の方に向かって声を張り上げる。がたんと馬車が動き出した。

生まれて初めての観光旅行への期待に、アポロニアの胸は弾んだ。


――一方で、ネッケ王城内の屋根裏部屋では。

夜半過ぎ、一本の蝋燭の明かりだけを頼りに、エリクは藁布団のベッドに半身起こして、歴史の本を紐解《ひもと》いていた。

姉のアポロニアが遠くの国に輿入れしてから、彼の世話は新米の侍女に任されていた。慣れないエリクの世話に、侍女は失敗や粗相が多かった。だがエリクは嫌な顔ひとつせず、逆に侍女を思《おも》い遣《や》った。エリクの優しさに心打たれた侍女は、城の図書係に話をつけて、エリクが読みたがる本をなるべく差し入れてくれるようになった。アポロニアがいなくなって話し相手を無くしたエリクは、読書だけが唯一の楽しみだったのだ。

時々、目を休めるために天窓を見上げる。降るような星空だ。

「姉上はお元気であられるだろうか」

エリクは小声でつぶやく。

「エリ　ノバル　アポロニア」

あの空は、アポロニアの嫁いだ国まで繋がっている。きっと祈りは届くだろう。

侍女から、アポロニアは遠い北の果ての国に嫁ぎ、最近結婚して皇妃となったと聞いていた。

これからのアポロニアの人生は安泰だろう。ほんとうによかった。

自分はこの屋根裏部屋に閉じ込められたまま、一生を終えるのかもしれない。せめて、外の世界に出られたアポロニアだけは、幸せになってほしいと心から願う。

と、天窓をすうっとすり抜けて、一羽の金色の小鳥が飛び込んできた。

小鳥はエリクの目の前で忙しなく羽ばたいた。

「あっ」

こんな深夜になぜ小鳥が？　と首を傾ける。

「エリク王子様でいられますか？」

突然、小鳥が少年の声で喋った。

エリクは驚いて目を丸くする。

「しゃべった？」

小鳥はくすくすと笑う。

「びっくりしました？　こいつは僕の使い魔です。やっと王子様の居所を探り当てましたよ」

相手の正体がわからないので、エリクは慎重に言葉を選んだ。

「お前は何者だ？」

小鳥が陽気に囀った。

「グルーガー帝国から、この国に潜入してきました。かなり命懸けでしたよ。僕は皇帝陛下の臣下のガルバンと申します。皇帝陛下とアポロニア皇妃様のご意向を伝えにまいりました」

エリクはハッと表情を動かした。

「姉上が？」

小鳥の声が真剣味を帯びた。

「御意。エリク王子様、僕らはあなたをお救いにまいったのです。計画を聞いてくれますか？」

エリクは息を呑み、声を潜めた。

「――聞こう」

第四章　北国の氷河と南国の青い海

「ああ、あれが氷河ですか？　すごい、すごい一面に凍ってます！」

馬車の窓から顔を突き出し、アポロニアは歓声を上げた。

「アポロニア、そんなに乗り出したら落ちてしまうぞ」

ラインハルトが慌ててアポロニアの腰を支えた。

「だって、あんな壮大な景色、生まれて初めてなんですもの」

アポロニアは頬を染めて目を輝かせる。

蜜月旅行に出て一週間目である。


初めは凍原と呼ばれる、一年中凍りついた広大な地域に沿って進んだ。永久凍土と聞いて何もない荒涼とした場所を想像していたが、今は夏季ということで低木や草本類地衣類に覆われていて、意外にも彩りがあった。そこには、大きな角を生やした毛深い鹿の群れを連れた遊牧の民が多く住んでいた。

「遊牧の民は夏場だけここに家畜を連れてきて放牧し、居住を構えるのだ。秋口になると、もっと南の方へ移動する。あれはトナカイという鹿の一種で、毛皮や肉が豊富に取れるので、彼らの生活の糧でもある」

ラインハルトはアポロニアにもわかりやすくその土地のことを説明してくれる。

彼はその日の宿泊地がある村に辿り着くと、必ず村人たちに身分を明かした。

どこへ行っても、ラインハルトは熱狂的に迎えられた。

ラインハルトは年に一度は必ず国中を巡って視察を行い、どんな僻地《へきち》にも赴いていた。そして、そこに住む人々の陳情をきちんと聞いて回っていた。彼の誠実な対応に、民たちの支持はいやが上にも高まったのだ。

しかも今回は、美しい新妻を同伴しての蜜月旅行ということで、民たちからは心からの祝福を受けた。

アポロニアは旅に出て改めて、ラインハルトの統治者としての才覚と魅力を思い知らされた。


「近くで氷河を見ようか」

先に馬車を下りたラインハルトは、アポロニアを誘った。

「見たいです！」

アポロニアはわくわくしながら馬車を下りる。

「足元が滑るからな、私にしっかりと掴まっていろ」

ラインハルトはアポロニアの腕をしっかりと取った。毛皮のコートを羽織り、マフラーや手袋をしていても空気は素肌に刺さるように冷たい。南国生まれのアポロニアは、ラインハルトが心配して温かくしろと、やいのやいの言うので、コロコロに着膨れしていた。二人を守るようにアーマがついてくる。彼は氷土の上をひらりひらりと身軽に移動していく。

「そらごらん」

ラインハルトが立ち止まり、指差す。

「――」

目の前にそびえる巨大な氷の山に、アポロニアは声もなく見上げた。

「長年積もり積もった雪が蓄積し凍りつき、やがてこのような氷の山を形成するという。もう少し夏場になると、これが緩んで溶け出して海へ流れ出て、氷山になるんだ」

「すごい……こんな大きな塊になるのに、どのくらいかかるのでしょう」

「学者によると一万年くらいかかるという」

「い、一万年……?」

想像もつかない年月に圧倒されてしまう。

「一万年前って、人間は存在していたのでしょうか?」

「どうだろう。いたのかもしれないが、原始的な生活をしていたのではないだろうか」

「私たちの生涯は、百年にも満たないですものね……そう考えると、この氷河に比べたら、人間なんてほんとうにちっぽけな存在ですね」

「そうだな――だからこそ、一日一日を、大事に生きるべきだ」

「ええ、その通りですね」

びゅっと寒風が吹いた。

「きゃ」

アポロニアは寒くてぎゅっとラインハルトに身体を押し付けた。ラインハルトは自分のコートの前を広げ、そこにアポロニアを包んでくれた。

「こうすれば温かいだろう」

「うふふ、温かいです」

アポロニアはにっこりして見上げると、ラインハルトも嬉しそうに笑みを浮かべた。蜜月旅行に出てから、二人の距離はぐっと縮まったような気がする。

「歩いた方が温まる」

ラインハルトはアポロニアを抱きかかえるようにして、ゆっくりと歩き出す。

「あなたの祖国の話を聞きたいな。寒い場所で暑い国の話を聞くのも一興だ」

「そうね、何を話そうかしら。ああ、ダールベルクでは氷がとても貴重品でした。わざわざ遠くの寒い国から氷を船に乗せて運んできて、氷室という地下の寒いところに保存しておくんです。高価なので、めったに氷は使いません」

「ここにはいくらでも氷があるというのにな」

「ほんとうに――王家では誕生日とか出産祝いとかの時にだけ、氷を使った冷たいお菓子を作りました。それはもう、夢みたいに美味しかった記憶があります」

「冷たいお菓子？　我が国では、そのような菓子は食したことはないな」

「そうだわ、ここにこんなに氷があるんですもの。宿に戻ったら、侍女たちに作り方を教えて作らせてみましょうか。絶対美味しいですから」

「うん、楽しみだ」

ラインハルトときゅっきゅっと凍土を踏みしめながら、ぽつりとつぶやく。

「北の最果てに住む私と、常夏の国に生まれたあなたがこうして結婚したことは、奇跡のようだ。あなたが貢がれてこなければ、私は永遠にあなたと出会えなかった」

「そうですね……運命かもしれません」

「あなたには災厄の運命だったろう」

「そんなこと――」

「だが、私は運命に感謝したい」

ラインハルトが真っ直ぐにアポロニアを見た。

「だから、あなたに新しい幸運な運命を必ず与えたい。約束する」

アポロニアは彼が何を言いたいのか、よくは理解できなかった。ただ、心臓が破裂しそうなほどドキドキして、全身がかあっと熱くなってくる。それは、ラインハルトのコートにくるまれているせいだけではなかった。

その後、二人は近くの遊牧民の村に行き、宿泊することになった。

人口百人ほどの小さな村では、皇帝陛下夫妻がお忍びで現れたので、上を下への大騒ぎになった。寒村なのでもとより宿屋などない。村長はおろおろしながらラインハルトに詫《わ》びた。

「陛下、充分なおもてなしができません。お許しください。我が家を宿泊所に空けますので――」

ラインハルトが鷹揚《おうよう》に手を振った。

「不要だ。馬車の中の座席を倒せば、簡易ベッドになるようにできている。床下には、あんかを設置する場所もあるので、暖も取れる。私たちはそこで寝るので、気遣い無用だ」

「そ、そんな――皇帝夫妻を馬車の中で過ごさせるなど、不敬なことを――」

アポロニアがにこやかに切り出した。

「それより、村長さんのお家で、夕食をご一緒させてくださいな。もちろん、いつもの献立でかまわないわ。お願いします」

「皇帝陛下が、私どもなどとお食事を？」

村長は感激のあまり今にも卒倒しそうだった。

ラインハルトもうなずく。

「それはいい。そうしてくれ、村長」

村長の家で食事を摂る皇帝夫妻をひと目見ようと、家の周りを村人たちが幾重にも取り囲んで、窓から覗き込んだ。村人たちは口々に感嘆の声を上げる。

「皇帝陛下の男前なこと！　格好いいねえ」

「皇妃様はあんなにお美しくて気品があるのに、私どもと同じようにコロコロとお笑いになるよ」

「ああ、こんな美しくて立派な方々が私たちの国を治めているんだねえ」

「誇らしくてならないね」

夕食後のひと時は、大きな篝火《かがりび》を焚いた村の広場で、村人たちが歓迎のダンスを披露してくれた。トナカイの角と毛皮を着て踊るユーモラスなダンスに、ラインハルトもアポロニアも手拍子を打って楽しんだ。

村長の家の小さな風呂場を借りて湯浴みし、夜更け過ぎ、二人は馬車に戻る。

アーマは馬車の側に丸くなった。彼は極寒の中でもびくともしない。こうして毎晩、馬車の警護にあたってくれているのだ。

馬車の中は、お供の者たちがすでに簡易ベッドを作り、床下に暖房も入れてくれてあった。

「ああ、今日は楽しいことばかりでした」

アポロニアは寝巻きに着替えながら、ほうっとため息をついた。

「あなたが村長一家と食事をしたいと申し出たことは、嬉しい驚きだった。あなたはやはり、民の心を掴む才に優れている」

ラインハルトは寝巻きにガウンを羽織りながら、感心したように首を振る。

「いいえ、私はただ、この国の人々の生活をより知りたいと思っただけです」

「それは——」

ラインハルトがふいに顔を寄せてきた。

「この国にずっといたいという意味か?」

「え?」

食事の件は、思わず口をついて出たのだ。ドギマギしてしまう。

「そ、それは……」

ふいにコツコツと外から窓を叩かれた。

「皇妃様、遅くなりましたが、ご命令のものが出来上がりました」

侍女の声だ。

アポロニアはさっと窓を開けた。侍女が銀のフードカバーを被せたお盆を差し出している。

「ありがとう。寒いから、あなたも早く馬車に引き取っておやすみなさいね」

お盆を受け取ったアポロニアは、侍女に労《ねぎら》いの声をかけると窓を閉めた。そして、得意げにお盆をラインハルトに見せた。

「さあ、ラインハルト様。これが私の国の冷たいお菓子ですよ」

ラインハルトが目を輝かせる。

「おおできたのか」

「はい、ご覧ください」

アポロニアは仰々しい仕草で、フードカバーを外した。

銀のボウルに真っ白いお菓子が入っている。

「それか。チーズのようだな」

「ふふ、急いで食べないと、溶けてしまいますから」

アポロニアは添えてあった銀のスプーンに氷菓子を掬うと、ラインハルトの口元へ差し出す。

「どうぞ、あーん」

ラインハルトが吊《つ》られたように口を開けた。アポロニアはそこへスプーンを押し込む。

ラインハルトが目を丸くした。

「これは——美味《うま》い」

「でしょう？　口の中で甘く蕩けてしまうでしょう？」

アポロニアは再び氷菓子を掬ってラインハルトに食べさせた。

「ミルクと糖蜜と香料と果汁などを混ぜたものを銀の容器に入れて、氷の中で素早く転がすのです。するとこういう冷たいお菓子になるんですよ」

「こんな不思議な食感の菓子は食べたことがない。病みつきになりそうだな」

ラインハルトはもう一口食べると、スプーンを押しやった。

「あなたが残りを食べなさい。故郷の味だろう？　味わうといい。溶けてしまう前にね」

「うふふ、はい」

アポロニアは素直に氷菓子を口に含んだ。

ひやっと甘い氷菓子が口の中で蕩ける。懐かしい祖国の味だ。

「う……」

胸に迫るものがあり、アポロニアは声を詰まらせた。

「どうした？　歯にでも染みたか？」

ラインハルトが顔を覗き込む。アポロニアは潤んだ目を瞬く。

「いいえ、いいえ……思い出してしまって――私の七歳の誕生日に、このお菓子をいただいて。弟のエリクが、私の分まで欲しがって。父上と母上が、自分の分をエリクに上げたんですが、あの子ったら、食べ過ぎてお腹を壊してしまったの……」

その直後、ネッケ王国に攻め込まれたのだ。家族の最後の幸せな思い出だった。

「楽しかった……父上、母上……エリク……もう、いない……誰も」

喪失感に涙が零れて頬を伝う。

ラインハルトが震える肩をそっと抱いた。

「アポロニア――悲しむな」

彼はアポロニアの髪や頬に唇を押し付けた。それから、頬に流れる涙を吸い上げた。

「あなたの悲しみの涙はもう見たくない――全部私が吸い取ってやろう」

アポロニアはラインハルトの優しい仕草に、少し心が落ち着いてくる。

「私だけ、こんなに幸せで、いいのでしょうか……？」

「幸せでなぜいけない？　私は毎晩、星に向かってあなたの幸せを祈っているのに？」

ラインハルトはアポロニアの唇にそっと自分の唇を押し付け、低い声でささやいた。

「アポロニア――愛している」

アポロニアはハッと顔を上げた。

聞き間違いかと思う。

だがラインハルトは熱のこもった瞳でひたと見つめ、繰り返した。

「愛している。あなたを愛している。こんな気持ちは生まれて初めてだ」

「ラインハルト……様」

アポロニアは声を失う。

「あなたを失いたくない。ずっとそばにいてほしい。そう願うのは、私のわがままなのか？　あなたは私の想《おも》いに答えてはくれないのか？」

「わ、私は……」

アポロニアの心は千々に乱れた。

ラインハルトからの愛の告白に、心臓はバクバク激しく脈打ち、破裂しそうだ。純粋な喜びが全身を満たす。それから、胸がつぶれそうな苦しさが襲ってくる。

アポロニアにももうわかっていた。

ラインハルトに恋焦がれている。

初めて出会った時から惹かれていた。

最果ての田舎の国の野蛮な皇帝――そんな風評とはまるで違っていた。

男らしさに知性と繊細な心を合わせ持った、とても魅力的な男だった。

こんなひとに愛されたら、身も心もすべて差し出してしまうだろう。

けれど――。

アポロニアの内心の葛藤を察したのか、ラインハルトは言葉に力を込めた。

「あなたの弟君は必ずや救い出す。同時に、ネッケ王国を滅ぼす」

「っ——戦争はいやですっ」

思わず言い返してしまう。

ラインハルトが少し冷酷な声を出す。

「あなたの気持ちは承知だ。だが、二度とあなたを不幸にしないためには、あの国を完膚なきまでに叩いておく必要がある」

「——」

この男は数々の戦を生き抜いてきた権力者なのだ、と改めて思い知る。

表情を強張らせたアポロニアに、ラインハルトは真摯な眼差しで見つめてきた。

「心配するな。あなたが案じているような事態にはさせないと、約束する。私を信じろ。私の愛を信じてくれ」

彼の澄んだ青い瞳は、嘘偽りの色がまるでなかった。アポロニアは胸の痛みが薄らいでくる。

「……ラインハルト様を信じたい、です」

今の気持ちを正直に伝える。ラインハルトの表情がふっと緩む。

「嬉しいぞ」

彼はぎゅっとアポロニアを抱きしめた。そして、耳元にふうっと熱い息をふきかけながら、色っぽくささやいた。

「私の愛も、信じてくれるのだな?」

「あ……」

悩ましい刺激に、ぞくっと背中が震える。

「そ、それは……」

「なんだ、それをこそ一番に信じてくれなくては困るではないか」

ラインハルトは揶揄い気味に言いながら、ちゅっちゅっとアポロニアの耳の周囲に口づけを落とした。

「や……ぁ」

甘い感触に、官能の興奮が煽《あお》られてくる。

「まあいい、約束を果たしたのちに、あなたの気持ちをもう一度聞くことにしよう」

ラインハルトは口づけの雨を降らしながら、アポロニアの身体をゆっくりとシーツの上に押し倒した。彼の手がアポロニアの寝巻きの前合わせのリボンをしゅるっと解いた。はらりと前合わせが開き、真っ白な乳房が露わになる。

「愛している、私の女神よ」

ラインハルトが熱くささやき、覆い被さって唇を塞いでくる。

「んん……」

ラインハルトの唇は、寒い道中のせいか少しだけカサついていた。そのざらりとした感触が、生々しくアポロニアの劣情を煽ってくる。唇を開いて彼の舌を招き入れると、熱く濡れた舌が雄々しく口腔内を掻き回してきて、その悩ましい刺激に首の付け根あたりがぶるっと震えた。

甘い氷菓子の味のする口づけに、さらに興奮が煽られてくる。

「んぁ、ふ、ぁふ……うぅん」

拙いながら、夢中で彼の舌の動きに応えているうちに、どんどん全身の血が淫らに燃え上がってくる。

「アポロニア、アポロニア」

ラインハルトの濡れた唇が、顎、首筋、肩口へとゆっくりと下りていく。彼はアポロニアのまろやかな胸の間に顔を埋め、両手で乳房を包み込む。

「あ……っ」

彼の大きな掌が赤い先端に触れると、甘い刺激がじわっと下肢に下りていく。

「……ぁぁ、んん……」

悩ましい鼻声が漏れてしまう。

「いい声だ。もっと啼《な》いてくれ」

ラインハルトは赤く色づいた乳暈を口に含んだ。左右の乳嘴を交互に強く吸い上げられ、じくんと強い快美感が下腹部の奥を襲う。

「はあっ、ぁあ、あ」

心地よさに背中が仰け反り、思わずラインハルトの頭を抱きかかえて引き寄せてしまう。

「あなたが感じ入ると、白い肌がうっすら赤く染まっていく。たまらない姿だ」

ラインハルトがアポロニアの寝巻きを剥ぎ取る。

彼の大きな掌が、余すところなくアポロニアの肌を撫で回してきた。

「ん、ん、んん……」

汗ばんだ肌がぬめりを帯びる。

「美しい。あなたのどこもかしこも、美しい——そして」

ラインハルトが少し強くアポロニアの肌を吸う。

「つ——っ」

一瞬鋭い痛みが走った直後、吸われた箇所がかあっと火が着いたように熱くなった。

「なにもかも、私だけのものだ」

ラインハルトはアポロニアの全身に、口づけていく。

胸の下、脇腹、下腹部、太腿、膝、足の甲、踵まで——。彼の情熱的な愛の刻印が、身体中に押されていく。

「は……ぁ、あぁ、だめ……そんな……」

「甘い、氷菓子のように甘く、私の舌であなたは蕩けていく」

ラインハルトは酩酊した声を漏らし、アポロニアの全身を舐め回し、甘噛みし、吸い上げた。

ほんとうに自分が氷菓子にでもなったような錯覚に陥る。ラインハルトに思う存分味わわれ、全身がとろとろに溶けてしまう。

「あ、あぁ、あぁ、は、はぁ……」

雪のような肌のあちこちに、赤い口づけの痕が散る頃には、アポロニアは官能に意識が支配され、息も絶え絶えになっていた。

身体の隅々まで満たされ、これ以上はないほど快楽に酔っているのに、じわりと迫り上がってくるラインハルトへの疑念に苛《さいな》まれた。

果たして、戦争を回避する手段などあるのだろうか。ラインハルトを信じたい、という気持ちはほんとうだ。

だが、身を持って戦禍の悲惨さを知っているアポロニアには、まだ心の揺らぎがあったのだ。


その晩、久しぶりに悪夢を見た。

少女のアポロニアが幼いエリクを抱いて、燃え盛る祖国を逃げ惑う夢だ。

ネッケ王国に虜囚として連れてこられた当初は、毎日のようにこの悪夢を見てはうなされた。

成長しても、ネッケ王国に囚《とら》われている間は、この悪夢から逃れることはできなかった。

だが、なぜかグルーガー帝国に嫁いできてからは見ることがなくなっていた。

それはアポロニアも心をとても安らかにさせていたのに。

戦火は背後に迫ってくる。

早く、早く、もっと早く逃げなければ。

アポロニアは息を切らし、必死で走る。

だが、エリクを抱いている腕が重くなり、疲れ果ててもう一歩も動けない。

背中がちりちりと焦げる。エリクが悲鳴のような泣き声を上げた。

熱い、全身が燃える、燃えてしまう。

「いやあああっ」

絶叫してアポロニアは飛び起きた。

「アポロニアっ」

寄り添って寝ていたラインハルトが、驚いたように目を覚ました。

全身に嫌な汗をぐっしょりとかいていた。

「あ、あぁ……あ」

恐怖で全身が小刻みに震えている。

起き上がったラインハルトが、アポロニアの背中をゆっくりと撫でる。

「どうした？　怖い夢でも見たのか？」

アポロニアは真っ青な顔でラインハルトを見遣る。

「いや……戦争は、いや……っ」

ぼろぼろと涙を零し、声を振り絞る。

「――」

ラインハルトはじっとアポロニアを見ていたが、ふいに窓の外に向かって声をかけた。

「アーマ、来てくれ」

直後、すうっと馬車の中にアーマが入ってきた。

アーマはアポロニアのただならぬ様子を見て、気遣わしげに低く喉の奥で唸った。

ラインハルトはアーマにうなずく。

「彼女の心の中の夢魔を除きたい」

アーマがのそりと二人の間に身を押し込んでくる。

「アポロニア、アーマに触れなさい」

ラインハルトに促され、アポロニアはふわふわしたアーマの首筋のあたりに手を置く。

ラインハルトの手がその上に重ねられた。

「あ……」

(アナタノアクムヲ、ラインハルトニキョウユウサセル)

アーマの思念がアポロニアの頭に届く。

「え?」

何をすると言うのだろう。

怪訝《けげん》な顔でラインハルトを見ると、彼が静かな声で言う。

「あなたの辛い夢を、私が肩代わりしよう」

「そんなこと……」

「アーマに夢魔を吸い上げてもらい、私へ移す。そうすれば、あなたはもう恐ろしい夢を見なくてすむ」

「で、でも、そうしたら、ラインハルト様が悪夢に苦しむことになりますっ」

「大丈夫だ。私は強靭な精神をしているからな。そのくらいでびくともしないさ」

ラインハルトがにっこりと笑った。

アポロニアは胸が締め付けられ、涙が溢れてくる。

「だめ、そんなの、だめです」

思わず手を引こうとした。しかし、ラインハルトがぎゅっと手を握りしめて離さない。直後、
アーマの純白の毛がぶわっと逆立った。

（ムマヨ、サレ）

アーマの思念がアポロニアの全身をびりびりと雷のように貫いた。

「あっ」

瞬間、脳裏に光が満ちる。

みるみる心の中の傷が消えていくような気がした。

同時に、ラインハルトが顔を苦しげに歪めた。彼の呼吸が乱れる。

「うっ――」

アポロニアの手を握っている彼の手がぴくりと痙攣する。しかし、彼は手を離そうとしなかった。

「は、はあっ、は――」

ラインハルトが肩で息をした。彼は目を閉じて、じっと何かに耐えている。

「これが、あなたの哀しい記憶か――」

ラインハルトが声を震わせた。彼はアポロニアの悪夢を脳裏で再現しているのだ。

アーマが穏やかに心にささやいた。

（モウ、アナタハアクムニサイナマレナイ）

確かに、頭の中の黒い霧が晴れたような清々《すがすが》しい心持ちだ。

「こんなに悲しい目に遭っていたのか。今までほんとうに辛かったな、アポロニア」

ラインハルトが空いている方の手で、アポロニアの頭を優しく撫でた。

「でももう大丈夫だ、もう二度と、悪夢に泣くこともない」

アポロニアは涙で潤む目でラインハルトを見つめた。

「私を救うために、あの恐ろしい悪夢を受け入れるなんて……」

ラインハルトは目を細めた。

「いや、私は嬉しいくらいだ。あなたの苦しみを少しでも分かち合えるんだから。あなたがどれほど酷い経験をしたか、この身を持って知ることができる。その度に、あなたへの愛が深まるだろう。この夢魔は、私の誇らしさの証だよ」

「あ、あ、ラインハルト様！」

なんという奥深い愛情だろう。

アポロニアは嗚咽に咽《むせ》ぶ。

この人をくるおしいまでに愛おしいと思う。常に心に重くのしかかるエリクの生死のこともディレックに懇願された祖国再建の重責のことも、なにもかも忘れて、ただの一人の女としてラインハルトの腕に身を預けることができたら、どんなに幸せだろう。

だが自分は亡国の王女なのだ。

それは変えることのできない運命だ。アポロニアがラインハルトのそばにいる限り、グルーガー帝国とネッケ王国に間には必ず軋轢《あつれき》を生むだろう。

だから——この恋は胸の奥に蓋をして閉じ込めておこう。そう自分に言い聞かせた。

その時、アーマがかすかに身じろいだ。

（ソレガ、アナタノホントウノキモチカ——）

「え？」

パッと顔を上げると、アーマの首筋の毛がざわっと波打った。

「なに？」

その瞬間、ラインハルトが衝撃を受けたようにびくんと身を震わせた。直後、彼の白皙の顔が真っ赤に染まる。

「ど、どうしました？　ラインハルト様？　やはり悪夢はあなたを苦しめて……？」

アポロニアが気遣うと、彼は破顔一笑した。

「ふ、ふふ、ふふふ、ははは、悪夢なぞなんのそのだ！」

なにが嬉しいのか、ラインハルトは心から嬉しそうに笑っている。

アポロニアは訳がわからないままにも、彼が少しも苦しんでいないことに胸を撫で下ろした。

「もういくらでも、あなたの苦悩を私が肩代わりしていいぞ！　アーマ、どんどん私にくれ！」

ラインハルトがぽんぽんとアーマの頭を叩いた。

（チョウシニノリスギダ）

アーマが呆れたように鼻をふん、と鳴らした。

彼は起き上がると、尻尾の先でラインハルトの顔をぱさぱさと叩き、するりと身を翻して、馬車から抜け出て行ってしまった。ラインハルトはしみじみした声を出した。

「最高の使い魔だな、アーマは。私は自分が魔力を使えることを、これほどよかったと思ったことはない」

それから彼は、矢庭にアポロニアを抱きしめる。そしてアポロニアの髪に顔を埋めると、深々と息を吸った。

「あなたに辛いことや苦しいことが起こらぬよう、私が全力であなたを守ろう。あなたの望むこと、あなたの欲しいもの、なんでも叶え、手に入れてやろう」

低く色っぽい声が頭に直に響いてくる。

アポロニアの胸に、愛されているという曇りのない喜びが湧き上がる。

一年だけ、この喜びを甘受してもいいだろうか。

期限付きでいいから、この人の妻であるという幸せを噛み締めたい。

アポロニアはラインハルトの胸に顔を埋める。力強く少し早い鼓動を聞いていると、生きている喜びが全身を満たしてきた。

「私は、もう充分です。ラインハルト様に出会わなければ、得られなかったものをたくさんを受け取りました。もうこれで充分です」

「あなたのそういう慎ましいところは大好きだが、私の方はまだまだ足りぬ。あなたがまだ見ぬところ、知らない世界、感じたことのない感情、そういうものをもっともっと与えてやりたい」

ラインハルトはアポロニアを抱いていた腕を緩めると、なにか思いついたような顔になる。

「そうだな。そのうちに、あなたに北の幻獣たちの集会を見せてやろうか。そろそろ、アーマに頼んで招集をかけようと思っていたところだ」

アポロニアは驚きと期待に目を瞠る。

「幻獣って、私はアーマとトッティーくらいしか知らないのですが。そんなにたくさんいるのですか?」

「使い魔になって人と行動を共にする幻獣は、それほどいない。そもそも、魔力を有する人間が少なくなっているんだ。太古には、魔術を使える人間は多数いたそうだ。だが、文明が発達するにつれ、人間はどんどん本来の能力を失ってしまったんだ。それと同時に、幻獣も数を減らしていった。人間と幻獣は共依して生きてきたからな」

ラインハルトが語ってくれる幻獣と人間とのいにしえからの絆《きずな》の話は、アポロニアにはとても面白く興味深いものだった。

「どんな幻獣でも自由に操れる魔力を持った人間は、もうこの大陸では大魔術師カルロくらいだろう。私もアーマを使い魔にするだけで精いっぱいだ。北の大地にあちこちには、まだまだ幻獣が生息している。この国の過酷な気候が、彼らを守っているのだ。私は幻獣たちの住む氷河や氷原には、決して手出ししないと決めている。彼らの居住地域に資源が豊富に眠っていたとしても、グルーガー帝国は先々まで、幻獣と共存する道を取るつもりだ。だから——私にはこの国を守り抜く使命がある。決して他国の侵略を許さない。私は皇位に就いた時に、幻獣たちにそう宣言した。彼らもこの国の住民だ。この国を守るためなら、彼らはいつでも馳《は》せ参《さん》じるだろう」

「……すばらしいお考えです」

アポロニアは感動に声が掠れた。

「生きとし生けるものは、皆等しく同じ——国は人間だけで成り立っているものではないのですね」

「その通りだ。あなたはとても賢いな」

アポロニアは己の我欲だけに取《と》り憑《つ》かれ、民を搾取し戦争に駆り立て、侵略を繰り返すネッケ国王のことを思い浮かべる。これまで、ネッケ王国に対して憎しみしか感じなかった。だが、そこに生きる民たちの苦悩に思い至ると、自分の憎悪が間違っていたことに気がついた。

ラインハルトに出会って、どんどん自分が良い方向へ変わって行く。

彼と過ごせる一年間を大事に生きよう、そう強く思った。


ラインハルトとアポロニアは、ひと月かけてグルーガー帝国の隅々まで巡った。

どの地方へ行っても、二人は熱狂的に迎えられた。民たちのラインハルトへの敬愛の念の強さを、アポロニアは身に染みて感じ取った。

ラインハルトは各自治体の長との会談を必ず行い、現在ある問題や陳情をくまなく聞き取り善処を約束した。

政治的な時間以外は、ラインハルトはアポロニアを連れてさまざまな風景を見せ、その土地の風俗に親しませた。

アポロニアは、氷山に乗って移動する白熊たちの群れに驚き、雪の岸壁を移動するユキヒョウの美しさに目を見張り、海岸に何万匹と群れるアザラシたちに歓声を上げた。

軍人であるラインハルトは、運動能力に長《た》けていて、アポロニアにスケートやスキーといった北国の運動遊戯を教えてくれた。氷や雪に親しむことは、生まれて初めてで、アポロニアは童心に帰ってはしゃいだ。

旅行の最終日。

ラインハルトはアポロニアを犬橇《いぬぞり》での雪原探索に誘った。

「犬が橇《そり》を引くのですか？　馬とかではなく？」

初めての乗り物に、アポロニアは少し不安になる。

「馬だと、雪を走るには雪靴を履かせないと滑って転んでしまう。雪靴を履かせると、速度が落ちてしまう。だが、犬たちは雪を走るのに優れた能力を持っているんだ。私は犬橇を操るのが、この国で一番うまいんだぞ」

ラインハルトは自慢げに胸を張る。

二人はフード付きの毛皮のコートを着込み厚い毛皮のブーツを履き、現地の村人たちが犬橇を用意してくれた場所へ向かった。無論、アーマも同行している。

遠くからでも、わんわんと元気に鳴く犬たちの声が聞こえてくる。

「わあ……！」

十頭ほどの毛のふさふさした大型犬が、人が二人ほど乗れる大きさの橇に縦に繋がれていた。

ラインハルトは待機していた村人たちに慰労の声をかける。

「寒い中ご苦労だ。三時間ほど、犬たちを借りるぞ」

「国一番の乗り手の陛下に仕えることができて、犬たちも喜んでおります」

村人たちは恭しく答える。

「よし、アーマ。来い」

ラインハルトは犬の列の先頭に、アーマを繋いだ。

「アーマも走るのですか？」

「そうだ。彼が犬たちのリーダーだ。私の命令を他の犬たちに正確に伝えてくれる。さあ、ここに座って」

ラインハルトは橇の後ろの席に、アポロニアを座らせた。そして用意してきた毛布でアポロニアを包む。

「かなりのスピードが出るからな。寒くしないようにな」

「はい」

ラインハルトはアポロニアの前の位置に立った。

「よし。行くぞ。ホーイ！」

ラインハルトが掛け声をかけると、犬たちがいっせいに走り始めた。

「きゃ……っ」

思っていたより、ずっと早いスピードにアポロニアは声を上げてしまう。

ラインハルトは立ったまま犬橇の手綱を握り、背中越しに声をかけてきた。

「アポロニア、しっかり座席につかまっていろ。振り落とされたら、雪に埋もれて探せなくなるからな」

「は、はいっ」

アポロニアは慌ててラインハルトの座席の背もたれにしがみついた。

犬たちは元気よく吠《ほ》えながら、雪原を走って行く。

天気は晴天だが、遥か地平まで真っ白の雪原だ。

ぴゅうぴゅうと風が耳元でうなり、寒気でほっぺたが痛くなる。アポロニアはマフラーを目元まで上げた。

一見平らだと見えた雪原も、あちこちに盛り上がったり窪《くぼ》みがあったりする。その度に、ラインハルトは犬たちに命令し、巧みにそれらを避けて走行を続けた。

「ホーイ、左だ、左」

「ホーイ、右、右へ」

リーダのアーマが率先して正確に方向を変えるので、犬たちもそれに倣って動く。その一糸乱れぬ動きに感動すら覚えた。

「すごく、速いんですね」

アポロニアがラインハルトの背中に声をかける。

「なんだって？」

風が強くて声がうまく届かないようだ。アポロニアは少し声を張り上げた。

「犬橇でどれだけ走れるんですか！」

「そうだな、一日に四十キロくらいは進むぞ。速いだろう？」

「速いです」

「だが、犬の集中力はあまり保たないのだ。彼らのやる気を引き出すのも、操縦者の手腕なのだぞ」

「そうなのですね」

半刻ほど走ると、ラインハルトは犬たちを休ませるために橇を止めた。

犬たちは荒い息を継ぎながら、雪原の雪を食べて水分補給をしている。

「乗っているだけでも疲れるだろう。意外に消耗するものだ。あなたもなにかお腹に入れるといい」

ラインハルトは背負った皮の背嚢《はいのう》から、干したトナカイの肉のカケラを取り出した。それを齧りながら、一片をアポロニアに手渡す。

「よく噛んで食べるんだ。干し肉は栄養が抜群だぞ」

「は、はい」

受け取ってそっと口に含んだが、かちかちで歯が立たない。

「か、硬い……っ」

噛みちぎることもできず、四苦八苦している姿を、ラインハルトがニヤニヤして見ている。

「南国育ちは軟弱だな」

「もうっ。歯が折れてしまいそうです」

「ふふ。貸しなさい」

ラインハルトはアポロニアから肉片を受け取ると、むしっとやすやすと噛みちぎった。細かい肉片にして、手渡してくれる。

「これで食べられるだろう」

受け取ったアポロニアは、思わず笑ってしまった。

「ふふっ、ほんとうに北の狼ですね」

「ふん、野蛮と言いたいか？」

「いいえ。とても男らしくて――素敵です」

「ば――、からかうな」

ラインハルトは急に赤面し、バリバリと口の中の干し肉を噛《か》み砕《くだ》いた。

犬たちにも干し肉を与え、反刻ほど休憩してから、また犬橇を走らせる。

「どこまで行くのですか？」

ラインハルトも背中に声をかけると、彼は手綱を操りながら答えた。

「あと少しだ。行き止まりに断崖がある」

やがて、地平は途切れて青い海原が見えてきた。

「ホー、ホー、ホー」

ラインハルトは犬たちの足を止めた。犬橇が停止すると、ラインハルトはひらりと飛び降り、アポロニアに手を差し伸べる。

「その先は海だ。断崖のそばまで行ってみよう」

「はい」

ラインハルトに手を取られ、断崖の縁まで歩いて行く。目も眩むような絶壁だ。海面からびゅうっと冷たい風が吹き上げてくる。

無数の海鳥が風に乗って飛び交う。

ラインハルトはアポロニアを自分のコートの中に囲い込み、寒風から守るようにした。

「ここが、我が国の最南端だ。ここでグルーガー帝国の領地は終わりだ。この先は延々と大海が広がっている」

「南の……」

ラインハルトは水平線の向こうを指差した。

「このずっと先に、あなたの生まれた祖国がある」

「──」

「世界は海で繋がっていると言う。南へ南へ海を行けば、やがてはあなたの祖国の島へ辿り着くのだ」

「──」

「いつか、連れて行ってやろう。あなたの祖国へ。あなたの生まれ育った南国の島を、私も見たい。見せてほしい」

「……いつか……」

アポロニアはせつなさに胸が締め付けられる。

「でも、私の国はネッケ王国に奪われてしまったわ……」

「奪われたものは奪い返す。必ず、あなたの国をあなたの元へ、返してやる」

アポロニアは遠くを見つめているラインハルトの端整な横顔を見上げた。彼はなにを考えているのだろう。

「夢です、そんなこと……」

アポロニアは小声でつぶやくと、ラインハルトが強い口調で答える。

「夢は、叶えるためにある。私はあなたに約束したろう。あなたの望みを、なんでも叶えてやると。私は嘘はつかない」

「ラインハルト様……」

アポロニアもはるか彼方《かなた》の水平線を見つめた。

そこに見えるはずのない、祖国の幻が見えたような気がした。

この国に来たばかりの時は、絶望しかなかった。

だが、ラインハルトはアポロニアに甘美な夢を見せてくれる。彼がアポロニアに与えてくれたものは、生きる希望だ。

夢が夢で終わっても、もう絶望することはないだろう。

この偉大な男に愛されたという思い出さえあれば、前を向いて生きていけるだろう。

「そうですね——いつか、きっと……」

アポロニアは静かに答えた。

「ありがとうございます。ここに連れてきてくださり、よかったです」

「そうか」

ラインハルトは満足そうにうなずき、アポロニアをコートごと背後からきゅっと抱き締める。

「では、帰ろうか。我らの城へ」

「はい」

そう言いながら、二人は名残惜しげにいつまでも立ち尽くしていた。


蜜月旅行からラインハルトとアポロニアは無事帰城した。

城内に入るや否や、

「私が不在の間の懸案が山ほど溜まっているだろう。すまないが、私はこのまま執務室に向かう。あなたはゆっくり旅の疲れを取るといい。また晩餐で会おう」

ラインハルトはそう言い置き、足早に去って行く。長旅の疲れを少しも見せない颯爽《さっそう》とした後ろ姿だ。アーマはその場にとどまって、アポロニアの足元に伏せた。

「どうか、ご無理なさりませんように」

アポロニアは思わず労った。ラインハルトは振り向かないまま、軽く右手を挙げて答えた。その気さくな仕草にも、胸がトクンとときめいてしまう。甘い蜜月旅行を過ごして、二人の呼吸はほんとうの夫婦のようにぴったりと合うようになってきた。ぽうっとラインハルトを見送っていると、ふいにアーマが低い声で唸った。

「――お帰りなさいませ。皇妃様」

背後からヨハンナが声をかけてきた。

「きゃ、ヨハンナ」

いつも思うが、この侍女はまったく気配がなく接近してくるので、少し驚かされてしまう。だがアポロニアは気を取り直し、ニコニコと笑いかけた。

「留守番させてしまってごめんなさいね。お部屋に行きましょう。あなたにお土産があるのよ」

「いえ、私などにお土産など、もったいないです。けっこうでございます」

固辞するヨハンナの腕を引っ張るようにして、アポロニアは自室に入った。すでに旅の荷物は侍従たちの手で、部屋の中に運び込まれてあった。

アポロニアはお土産品を詰め込んであるトランクを開けると、中を探ってグレイの毛織りのショールを取り出した。北国の動物たちの姿が細かく織り込まれた、とても上等で手の込んだものだ。

「ほらこれよ。雪原の遊牧民たちが織っているものなの。トナカイという寒さに強い鹿の毛を使ってあって、とっても温かいのよ」

ショールを差し出すが、ヨハンナは手を出そうとしない。

アポロニアはヨハンナの背後に回ると、肩にショールをかけてやる。

「とてもよく似合うわ」

ヨハンナは痩せた手でおずおずとショールを撫でた。

「こんな高級なもの、いただけません」

「いいえ。家族から離れ、この異国にただ一人で貢物の私についてきたのですもの。どんなに心細いでしょう。あなたはちょっと無愛想だけれど、とても働き者だわ。私からのささやかな感謝の気持ちよ。この国は寒いから、どうかこれで少しでも暖をとってちょうだい」

無表情なヨハンナの目元がかすかに震える。

「では――ありがたく頂戴いたします」

「よかった。あのね、これ私の物と色違いなのよ」

アポロニアは、トランクから白いショールを取り出し、羽織って見せた。

「ね、お揃いよ。いいでしょう?」

ヨハンナの声色にわずかに感情がこもった。

「皇妃様は――ほんとうに清らかなお心をお持ちなのですね」

アポロニアは頬を染めた。

「え、いやだ。いつも無口なあなたに褒められると、なんだか照れてしまうわね」

アポロニアはトランクを探り、小さな包みを取り出した。

「ガルバンにもお土産を買ってきたのに。早く帰国しないかしら。いろいろ旅のお話もしたいのに。あ、あんまりガルバン、ガルバンと言うと、ラインハルト様が不機嫌になってしまうわね」

くすくす笑うと、ヨハンナの口元に笑みのようなものが浮かんだ。

二人の様子を、少し離れた位置でアーマがじっと見つめていた。


――その後の半年は、穏やかに平和に過ぎて行った。

アポロニアはグルーガー帝国の皇妃としての役割を、精いっぱい務めた。もともとが王家の王女であったアポロニアには、天性の気品と知性が備わっていた。日毎にアポロニアには皇妃としての品格が備わっていく。

ラインハルトは結婚してから、よりいっそう公務に励むようになった。しかし、かつてはろくに食事も取らずに不眠不休で働いていた生活はすっかり改めるようになった。規則正しく食事を摂り、必ず充分な睡眠を取るようになった。

それは、常にラインハルトの生活を気遣い労る、美しく優しい皇妃アポロニアのおかげだと、以前のラインハルトを知る者たちからは絶賛された。

そして――夜はラインハルトに甘く濃密に愛される。

身体の隅々まで官能の悦びを刻み込まれ、アポロニアは女としての幸せの絶頂を噛み締めていた。エリクのこともネッケ王国との軋轢も、すべて忘れてしまいそうになる。

だが――。

十一月に入り、連日雪が降り積もり、グルーガー帝国全体は雪と氷に覆われた。

厳しく長い冬の始まりである。

晩餐前のひと時、アポロニアは自室のソファに座りラインハルトのために、新しい記章用の肩掛けに刺繍《ししゅう》をしていた。暖炉にはたっぷりと薪が燃えて部屋は暖かく、アーマがソファの前に寝そべって足元を温めてくれている。

外は深々と雪が降り積もっていたが、アポロニアは心は穏やかだった。

そこへ、ひっそりとヨハンナは入室してきた。彼女はアポロニアの贈ったショールを羽織っている。愛用してくれているのだ。

「皇妃様――内密のお話があります」

彼女の声はひどく強張っていた。

アポロニアはただならぬものを感じ、すぐに立ち上がった。膝から縫い物が滑り落ちてしまったのにも気が付かなかった。

「こちらへ。控えの間で話しましょう。アーマはそこにいてちょうだい」

アーマを残し、ヨハンナと狭い控えの間に入る。

「皇妃様、ネッケ国王からの密書が来ました」

ヨハンナが懐から封書を取り出した。

「っ！」

震える手で、封書を開く。一年の期限があるとはいえ、アポロニアになんの動きもないことにネッケ国王は焦れたのだろうか。

『冬季はグルーガー帝国は雪に閉ざされて身動きできない。今が暗殺の機会である。同封の猛毒を食べ物に混ぜ、皇帝に与えよ。瞬時に命を落とすだろう。その後、貴女が皇妃として君臨し、我が国の侵略の手引きをせよ。追伸　弟君は、それまでは命があろう』

読んでいるうちに、アポロニアは全身から音を立てて血が引いて行くような気がした。封書の中に、小さな薬包が一つ入っている。それが毒なのだろう。

「あ、ああ……とうとう……この日が……！」

足元がふらつき、床に頽《くずお》れてしまう。

「皇妃様、大丈夫ですか？」

ヨハンナが慌てて抱き起こそうとした。

「ヨハンナ……私……私……」

全身がぶるぶる小刻みに震えた。あまりに悲痛で、泣き出しそうになる。

ヨハンナに真実を打ち明けそうになり、慌てて唇を噛み締めた。彼女を巻き込んではいけない。

「大丈夫よ。ちょっと貧血を起こしただけなの」

ラインハルトを毒殺することなどできない。

だが、指示に従わなければエリクの命は確実に奪われるだろう。

だからと言って、ラインハルトを亡き者にしこの国をネッケ王国の支配下に置くことなど、絶対にできない。

このままエリクを見捨てるのか。ラインハルトの妻として皇妃として、この国でぬくぬくと一人生きて行くのか。いや、エリクを犠牲にして生きて行くことなどできるはずもない。

所詮、アポロニアはネッケ国王の操り人形に過ぎなかったのだ。

束《つか》の間《ま》の幸せだった。

ラインハルトとの結婚生活は、悲惨だった人生の中で、ひとときの最高に輝く時間だった。

アポロニアは目を閉じ、深く息を吐く。

そして目元に溜まった涙を拳で拭った。

ヨハンナに支えられて、よろよろと立ち上がった。

「ヨハンナ。晩餐前に、ラインハルト様とお話をしたいの。私の居間に、お茶の用意をしてくれる？」

アポロニアの不自然な雰囲気に、ヨハンナが眉を顰める。

「お茶、ですか？」

「そうよ。ラインハルト様に使いを出してちょうだい。ああ、そうだわ――」

アポロニアはヨハンナに薬包を差し出した。そしてさりげなく言う。

「これを、私のお茶に入れてくれるかしら。貧血止めのお薬なの」

ヨハンナは薬包を受け取った。

「かしこまりました」

「私は、居間でラインハルト様をお待ちします」

居間に戻ったアポロニアは、床に落ちていた肩掛けを拾い上げた。

「あと少しで完成だったのに——間に合いそうにないわね」

部屋で待っていたアーマが、怪訝そうな顔で見上げてくる。

アポロニアは無理に笑顔を作った。

「なんでもないわ、アーマ」

ソファに座り直し、何事もなかったかのように刺繍の続きを始めた。

ラインハルトが来たら、アーマに触れないように気をつけねばならない。

今の心の内を、決してラインハルトに気取られてはならない。

死のう。

そう決意していた。

自分が死んだら、おそらくエリクの命も助からない。

だが、ラインハルトとこの国を失うくらいなら、地獄に落ちてもいいと思った。

心の底から、エリクに詫びる。

不甲斐《ふがい》ない姉を許して欲しい。あなただけは天国で、両親と幸せに暮らしてね——。そう胸の中でつぶやき続けた。

小一時間後、ラインハルトが居間に入ってきた。

「アポロニア、待たせたな。なにか話があるのか?」

彼が優しく微笑む。

アポロニアは胸がキリキリと痛んだ。

あの笑顔を死ぬまで瞼に焼き付けておこう。

「はい、大事なお話です。お座りください。今、お茶を出しますから」

「なんだ、改まって」

ラインハルトが向かいのソファに腰を下ろす。

そこへヨハンナが。背中を丸めて茶器の乗ったワゴンを押して現れた。

「まずは、お茶をいただきましょう」

必死に作り笑いを浮かべた。

ヨハンナはテーブルに、二人分のお茶の入ったカップを並べる。自分の前に置かれたカップを見つめた。これを飲んだら死ぬのだ。

アポロニアは自分のカップにジャム壺《つぼ》からジャムを取って入れ、スプーンで掻き回す。このお茶の飲み方にもすっかり慣れてしまった。

「お仕事、お疲れ様です」

カップを手にして、ラインハルトに白い歯を見せる。

「ありがとう。あなたの優しい笑顔を見ると、疲れなんか吹き飛ぶよ」

ラインハルトも自分のカップを手に取った。

アポロニアはじっとラインハルトを見つめた。

「実は、お話というのは――」

「うん、なんだい？」

声が震えそうになる。息を深く吸い、きっぱりと言った。

「これでお別れです、ラインハルト様。さようなら」

「？」

ラインハルトの右眉がぴくりと上がる。

突然、アーマがうおっと吠えた。

アポロニアの手がびくりと一瞬止まってしまう。

だが、覚悟を決め、そのままお茶のカップに口を付けた。

ラインハルトが鋭く叫んだ。

「アポロニア！　待て！　飲むな！」

しかし、彼が止める前に、アポロニアは一気にお茶を飲み干していた。

第五章　決起

アポロニアは死への恐怖で気が遠くなりそうだった。

ふらふらとソファに倒れ込んでしまう。

「アポロニアっ」

ラインハルトがすっ飛んできて、アポロニアを抱き起こした。アーマも素早くアポロニアに寄り添い、顔を覗き込みふんふんと匂いを嗅ぐ。

「なにか飲んだのか？」

ラインハルトがアポロニアの肩を揺さぶる。アポロニアは涙目でラインハルトを見上げた。

「わ、たし……毒を……」

「毒だと？」

ラインハルトは真っ青になり、素早くアポロニアの口の中に指を突っ込み、背中をさする。

「馬鹿なことを！　吐くんだ！　早く！」

と、アーマの思念が脳裏に飛び込んできた。

（アワテルナ。ドクハノンデイナイ）

ラインハルトが動きを止める。

「なに？」

アポロニアも目を見開いて顔を上げた。

「え、嘘……私は確かにお茶の中に毒を入れるように……」

アポロニアはハッとして、部屋の隅に棒立ちになっているヨハンナの方を見た。ヨハンナの顔色は真っ青だった。

「皇妃様──私は──」

アポロニアはヨハンナの右手に薬包が握られているのを見た。

「それは──なぜ？　なぜ、私の命令に従わなかったの？」

それまでずっと猫背だったヨハンナは、突然すっと背筋を伸ばした。

しわがれ声だったヨハンナは、ふいに響きのいい声で言った。

「皇妃様。私はネッケ国王があなたに付けた間諜です」

「間諜……？」

「そうです。あなた様や皇帝陛下の動きを、逐一見張っては報告するように命じられてきました」

アポロニアは信じられない思いで、まるで別人のようにしゃきっとしたヨハンナを見つめた。

ラインハルトは片手でアポロニアを抱きかかえ、腰の剣の柄に手を置いて油断なく言う。

「やはりそうか。お前はただの侍女にしては殺気がありすぎた。私はずっとアーマに、お前を見張るよう命じていた。決してアポロニアをひとりにしないよう、アーマに頼んだんだ」

アポロニアは息を呑む。

「ラインハルト様は、初めからヨハンナのことをお疑いになって――？」

「そうだ。だが、あえて泳がせておいた。私があなたに溺れ夢中になる姿を晒し、それを報告させ、ネッケ国王を油断させるためだ――お前はうまうまとそれに乗ったんだ」

彼は眼光鋭くヨハンナを睨んだ。ヨハンナは臆することなく、ラインハルトの視線を受ける。

「そうでしたか。そんな気もしていましたが、私は気が付かないふりをしておりました」

ヨハンナは静かに答えてから、穏やかな眼差しでアポロニアを見た。

「皇妃様。私には家族はおりません。娘夫婦が人質に取られているというのは、皇妃様に取り入るための嘘です。私は天涯孤独の身で、幼い頃からネッケ王国の間諜となるべく育成された人間です。汚い仕事を数えきれないほどさせられてきました。私は心などない冷酷な人間です」

アポロニアはヨハンナの悲惨な人生に胸が掻き毟《むし》られた。

「そんな……あなたは、そんな人じゃないわ……！」

ヨハンナはかすかに笑みを浮かべ、肩にかかったショールにそっと触れた。

「でも、皇妃様にお仕えしているうちに、だんだん私の気持ちも変わっていったのです。皇妃様は私をひとりの人間として扱ってくださった。ほんとうに嬉しかったです」

ヨハンナは薬包の包みを素早く広げた。

「どうぞ皇帝陛下、皇妃様を幸せにしてあげてください」

彼女はそのまま薬を呷《あお》ろうとした。

「だめっ！」

アポロニアが叫ぶと同時に、ラインハルトが目にも止まらぬ速さでヨハンナに飛びかかった。

彼は素早くヨハンナの手から薬包を叩《たた》き落《お》とした。パッと白い粉が床に飛び散った。

「あぁっ」

勢い余ってヨハンナが倒れ込んだ。

ヨハンナの上に馬乗りになり、ラインハルトは剣を抜いて首元に押し当てた。ヨハンナは覚悟したように目を伏せる。

アポロニアは思わずラインハルトの背中に縋りついた。

「いけない！　ヨハンナを殺さないで！　彼女は私の命を救ってくれたんです！」

ラインハルトは冷静な眼差しでヨハンナを凝視しつつ、アポロニアには穏やかな声を出す。

「命は取らぬ。あなたが悲しむことは決してしない」

ラインハルトは剣を構えたままゆっくりと立ち上がった。

「女――どうだろう。このままアポロニアの侍女として仕える気はないか？」

ヨハンナは驚愕したように顔を上げた。

ラインハルトは口の端を持ち上げてニヤリとした。

「ネッケ王国側の間諜のふりをして、グルーガー帝国側の味方になるのだ。なに、これまで通り、グルーガー皇帝は美しい皇妃に溺れて油断しきっている、と伝えていればいいだけの話だ」

ヨハンナは肩からずり落ちたショールを羽織り直し、アポロニアの目をまっすぐに見つめた。

「皇妃様――このような私でも、生き直す機会を与えてくださいますか？」

アポロニアはヨハンナの前に跪き、その手を握った。

「もちろんだわ、ヨハンナ。あなたは私の大切な侍女よ」

「皇妃様――ありがとうございます。この命が尽きるまで、皇妃様に誠心誠意仕うことを誓います」

ヨハンナの目にうっすらと光るものがあった。

二人の様子を見ていたラインハルトは、ゆっくりと剣を鞘に収めた。

「よし。これですべての機が熟したようだな」

ラインハルトはアーマに目配せした。

「あちら側に潜んでいる幻獣たちに指令を飛ばせ。予定通り、半月後に、と」

アーマは了解したというように喉の奥で低く唸った。

アポロニアにはラインハルトの言葉の意味がわからなかった。

「半月後、ってどういう意味なのですか？」

ラインハルトは聞こえない素振りをした。

「まずは、食事を摂ろう。腹が減っては戦はできぬというからな。そして、その後、あなたには説教だ」

「せ、説教……？」

ラインハルトがわざと怖い顔を作る。

「毒を呷るつもりだったろう？　私の目の前で死ぬなど、許されぬことだ！」

どすの利いた声を出され、アポロニアはびくりと肩を竦めた。そして、悄然として答える。

「だって……ネッケ国王から恫喝《どうかつ》の密書が届いたのです——あなたを毒殺しないと、エリクを殺すって……」

「そうだったか——ネッケ国王も焦り始めているな」

「あなたを殺すことなんてできない。それくらいなら、私が死んだ方がいい。エリクを道連れにしても、あなただけは救いたかったの……」

次第に涙が込み上げ、アポロニアは声を上げて泣いてしまう。

「地獄に堕《お》ちてもいい。あなたには生きていてほしい……」

ヨハンナが黙ってアポロニアの震える背中を撫でさすった。

ラインハルトは軽く咳払いした。

「アポロニア、見ていろ」

彼は身を屈《かが》め、床に散らばった毒の粉を指で掬った。そして、そのまま口の中に押し込んだ。

アポロニアは驚愕して悲鳴を上げる。全身から血の気が引いた。

「ああっ？」

がばっと起き上がり、ラインハルトに縋り付く。

「なんてことを——吐き出して下さい！　今すぐ！」

悲痛な声を上げるアポロニアの頭を、ラインハルトはなだめるようにぽんぽんと軽く叩いた。

「大丈夫だ。これしきの毒では、私はびくともしないさ」

「え？」

涙でぐしゃぐしゃの顔でラインハルトを見上げた。

「私は子どもの頃から、毒に耐性をつけるため、さまざまな毒を少しずつ体内に取り込んでいたんだ。今では、大抵の毒は効かないようになった。この毒が全部私に仕込まれても、二、三日寝込む程度だろうよ――それに、城内には治癒の能力を持った幻獣も控えているんだ。万が一、あなたが毒をあおったとしても、命を落とすことは決してない」

「あ……あ……」

アポロニアは安堵《あんど》のあまり、へなへなと腰が崩れてしまいそうになる。すかさずラインハルトが抱きかかえてくれた。

「もう……意地悪、脅かして……心臓が止まるかと思った……」

ラインハルトの胸に顔を埋め、啜《すす》り泣《な》く。今度は嬉し涙がボロボロと零れる。

「ふふ、可愛いな、あなたは。そして、私のために命を捨ててくれるという覚悟も、胸に響いた」

ラインハルトがきゅっとアポロニアを抱きしめ、愛おしそうに髪に口づけする。

「愛しているよ」

「あーもう、いつまでいちゃついてんですかっ」

突然、懐かしい軽口が聞こえ、アポロニアはハッと顔を上げる。

いつの間にか、トッティーが二人の頭上をぱたぱたと旋回していた。

「ガルバンか、いつからいたんだ？」

「さっきからいましたよお。二人だけの世界に入っちゃって、話しかける隙がないんだもの」

ラインハルトがわずかに目元を染め、アポロニアを抱いている腕を緩めた。彼はことさらに居丈高な口調で言う。

「連絡があるのだろう。早く言え」

「はいはい」

トッティーはふわりとアーマの鼻先に留まった。アーマは渋い顔で我慢している。

「陛下、すべてが整いました」

ラインハルトがうなずいた。

「こちらも整った。すべて、手筈通りだ」

「了解！　ではまた連絡しまーす」

トッティーが飛び立とうとしたので、アポロニアは慌てて声をかけた。

「ガルバン、いつ帰国するの？　あなたに会いたいわ」

トッティーが一瞬空中で動きを止める。

「嬉しいなあ、皇妃様はほんとうにお優しい。そうですね、半月後にはお会いできると思います。それまで、陛下といちゃいちゃしててくださいー」

そう言い放つと、トッティーは天井に吸い込まれるように姿を消した。

「——相変わらず口の減らぬやつだ」

ラインハルトが忌々しげにつぶやく。

その場をとりなすように、ヨハンナが控えめに口を挟んだ。

「陛下、皇妃様。食堂へどうぞ。晩餐の支度はできております」

「そうだな。アポロニア、行こうか」

ラインハルトはアポロニアの腕を取った。

「もう……いろいろなことが起こりすぎて、頭がついていきません。悲しいやら嬉しいやら……なにがなんだか……」

アポロニアは頭を軽く振る。

ラインハルトは痛ましげにアポロニアの顔を見つめた。

「混乱させてすまない。だが、私を信じてくれ。あなたを必ず幸せにする。だから、二度と命を粗末にするな」

アポロニアは濡れた目で彼を見返す。

「はい。二度と死のうなどとは思いません」

ラインハルトがアポロニアの知らぬところで事態を大きく動かし始めていることは、感じられた。

彼がなにをしようと、信じよう。いつだってアポロニアの意思を尊重してくれたのだ。

きっと、これからもずっと――。


――だが。

半月後、ラインハルトは自軍を率いて突如、ネッケ王国への侵攻を開始したのである。

それはアポロニアには寝耳に水であった。

ヨハンナから、ラインハルトが先発隊を率いて出兵する準備をしていると聞かされ、アポロニアは愕然とした。とるものもとりあえず、部屋から飛び出した。背後からぴったりとヨハンナが付き従う。

「待って、待ってください！　ラインハルト様！」

分厚い冬のコートを羽織り武装しアーマを引き連れて、城の正門前に向かうラインハルトを、アポロニアは廊下でどうにか追いつき押し留めた。

「戦争に出るのですか？」

息を切らしながら、ラインハルトを問い詰める。

ラインハルトは落ち着いた声で答えた。

「あなたの弟君を取り返しに、ネッケ王国と交渉に行くだけだ。戦争になるとは限らない」

「でも、でも……軍隊を率いるのでしょう？」

アポロニアはラインハルトの真意がはかりかねた。アポロニアが戦争を心から憎んでいることを知っていて、出兵するというのか。

「万が一のためだ」

「ネッケ王国は軍事大国です。戦争にならない保証はありません」

「それも承知だ。だからこそ、真冬のこの時期に雪に紛れて侵攻するんだ」

「え？」

「ネッケ国王は我々を、野蛮で無知だと思っている。真冬に出兵するなどありえないと思い込んでいる。だが、我々は北の大地の人間だ。冬こそが、我々の本領を発揮する時期なのだ。打って出るなら、今しかない」

ラインハルトの表情は決意に満ちていた。彼が一度こうと決めたら、それを覆すことなどできないのは、アポロニアは痛いほどわかっていた。

「――わかりました。あなたを信じると決めたのですから。もう、なにも言いません。でも……」

アポロニアはキッと顔を上げた。

「私も同行させてください。あなたのなさることを、最後までこの目に焼き付けておきたいのです」

ラインハルトの表情がかすかに揺れる。

「それは――」

「危険は承知です。でも連れて行ってください。だって、あなたは私をどこまでも守ってくださるのでしょう？」

アポロニアは一歩も引かない構えだ。

二人はまっすぐに見つめ合った。

ラインハルトが軽くため息をついた。

「あなたが存外頑固なのはわかっていたが。仕方ない――出発を一時間遅らせる。防寒をしっかりして支度をしなさい。絶対に、私のそばを離れないと約束してくれ」

「わかりました。ヨハンナ、すぐ支度をさせて」

「かしこまりました」

ヨハンナが急ぎ足で立ち去った。

アポロニアもその後を追いながら、アーマに命令した。

「いいこと、アーマ。ラインハルト様が私を置いて出発しないよう、見張っていてちょうだいね」

アーマがわかったというようにひと声うぉんと吠える。ラインハルトが呆れたような声を出した。

「なんだ――アーマ、お前までアポロニアに寝返ったか」

アーマはしれっとした顔で前足を舐め始めた。

アポロニアは慌ただしく旅支度を調え、ヨハンナに荷物を持たせ、ラインハルトたちが待つ正門前に急いだ。

ラインハルトが玄関ホールで待ち構えていて、アポロニアに手で合図する。

「こちらだ、アポロニア。私の犬橇にあなたの荷物を積ませろ」

「はい。ヨハンナお願い」

ラインハルトに手を取られて正門前に出る。

降りしきる雪の中、兵士たちと無数の犬橇が列を作って待機していた。兵士の数は三百人にも満たない。

アポロニアは愕然とする。たったこれだけの人数で、軍事大国ネッケ王国に立ち向かおうというのか。

アポロニアの懸念を感じ取ったラインハルトが、

「少ないか？　だが、敵の目を欺くには少人数で動く方がよい。何も正面切って突撃するわけではないのだからな。まず、ネッケ王国側に気付かれずに、領土に侵入することが要だ」

戦略のことは、アポロニアにはなにもわからない。だが、知将であるラインハルトが無謀なことをするはずはない。

よく見ると、前列に並ぶ兵士たちには、それぞれに鷹《たか》、狼、狐《きつね》、ユキヒョウ、イタチ、リス、などの幻獣が付き添っている。全員使い魔なのだ。

「我が軍きっての使い魔兵士たちを揃えた。なまじ人間より、幻獣たちの方が何倍も役に立つぞ――さあ時間が惜しい。橇に乗りなさい」

ラインハルトに促され、アポロニアは犬橇の後部座席に乗り込んだ。手を貸したヨハンナは、アポロニアの首周りをショールで覆いながら、気持ちのこもった声を出した。

「皇妃様、どうかご無理はなさらずに。私は最後尾の犬橇に同乗して付いてまいります。私は様々な状況に対処できるよう訓練を受けておりますので、安心してください」

「ありがとう、心強いわ」

アポロニアはヨハンナの手をぎゅっと握った。

ラインハルトが前の座席に乗り込み、直立で手綱を握る。犬たちの先頭には、アーマが繋がれていた。ラインハルトはさっと右手を挙げ、朗々とした声で命令した。

「よし！　では全速前進！　南西の国境まで駆け抜けるぞ！」

犬たちが雄叫《おたけ》びを上げ、いっせいに犬橇が走り出す。

アポロニアはショールに顔を埋め、座席にしっかりと掴まった。

豪雪の中の強行軍は、いかに極寒に慣れている兵士と言えど困難を極める。ましてや、か弱い乙女であるアポロニアには厳しいものであった。わずかな休憩と睡眠以外は、犬橇部隊は連日走り通しであった。

ラインハルトはアポロニアを気遣い、辛ければいつでも城に戻っていいと言ってくれた。しかし、アポロニアはどんなに辛くても、泣き言を言うまいと心に決めていた。幸いヨハンナが献身的に身の回りの世話をしてくれたので、どうにか道中を乗り切ることができた。

その我慢強さと健気《けなげ》な姿は、同行の兵士たちの胸を打つものがあった。

「雪の女神が我々と共にある。我々は決して負けることはない」

兵士たちの間には、アポロニアに対する畏敬の念が深まっていった。

グルーガー帝国領地を出ると、馬と馬車に乗り換えた。

移動は夜に限り、一同は全力でネッケ王国を目指した。

かくして――。

アポロニアが馬車で嫁いできた時は、ひと月かかった行程を、わずか十日で駆け抜けたのである。

夜明け前。

馬車の中でうとうとしていたアポロニアは、ふいに停止したのを感じ、目を覚ました。

「──アポロニア、起きているか？」

外から小声でラインハルトが声をかけてきた。アポロニアはすぐさま飛び起きる。

「はい、起きています！」

馬車の扉が開いた。ラインハルトが立っている。彼は着替えもせず馬を飛ばし続けて、泥だらけだった。だが、目は輝いて気力に満ちている。

「ネッケ王国の王都まで到着したぞ」

ラインハルトが両手を差し伸べたので、アポロニアは彼にすがって馬車を降りた。

深い森の中だった。敵に悟られぬよう灯りも点けていないので、月明かりでどうにか周りの様子が見える程度だった。兵士たちは馬のそばで、各自仮眠を取っているようだ。

幻獣たちは起きていて、油断なくあたりを警戒している。

「静かに。こちらだ」

ラインハルトに導かれ森の中を進むと、程なく小高い丘の上に出た。ラインハルトは指差す。

「この森はネッケ城の裏手だ。そら、そこがもうネッケ城だ」

「──ああ」

目の前に、黒々と大きな城の姿が浮かび上がる。

ついにここまで来たのだ。

「エリクが……あそこに……」

胸が熱くなる。

「明日の早朝――一気に攻勢をかける」

ラインハルトは強い口調で言う。

「戦うのですか……?」

アポロニアは心細げに尋ねた。

道中、兵士たちは意気軒昂《いきけんこう》だった。が、このわずかな手勢で、どうやって王都を、あの城を落とすというのだろう。不意をつくにしても、相手は戦慣れしたネッケ王国兵士だ。返り討ちに遭わないのだろうか。

「戦うぞ」

「――」

緊張で声が出ない。

ラインハルトは優しくアポロニアの肩を抱き寄せた。

「なにも心配いらぬ。私に任せておけ。あなたは、私の戦いを見届けてくれ」

手に置かれた大きな手のひらから、ラインハルトの熱い血潮が自分の中に流れ込んでくるような気がした。

「わかりました。ここまで来たのです。私はラインハルト様に最後までついていきます」

「ありがとう。私の女神」

ラインハルトがそっと唇を重ねてきた。

触れ合うのは久しぶりだ。

厳しい行軍で、ラインハルトの唇はがさがさになっている。だが、その感触が愛おしくて涙が出そうになる。

「ん……ん」

互いを労るような優しい口づけを交わしているうちに、次第にそれは深いものになる。

舌を絡め、強く吸い合う。甘い痺れに全身が熱くなる。

「……は、ふぁ、は……ぁ」

アポロニアはラインハルトの首に両手を回して縋りつき、口づけの感触にうっとりと酔いしれた。決戦前のひとときの、わずかな安らぎの時間だった。


夜が明けた。

ラインハルトは兵士たちを整列させた。

彼は空気を切り裂くような鋭い声で檄《げき》を飛ばした。

「今より、ネッケ城前まで行軍する。私が命じるまでは、決して攻撃するな。使い魔の兵士たちは、打ち合わせ通り幻獣たちを先行させよ。では、進軍！」

「はっ！」

兵士たちは一糸乱れぬ動きで動き出す。

アポロニアはヨハンナと共に馬車で最後尾に着いた。アーマが警護役でアポロニアの馬車に並走している。

突然、わあっという鬨《とき》の声《こえ》が上がった。

同時に、幻獣たちがいっせいに叫んだ。それはびりびりと周囲の空気を震わせた。

一瞬、当たりが静寂に包まれる。

「ど、どうなったの？」

アポロニアは戦況が心配でならない。思わず馬車の窓から顔を覗かせる。グルーガー兵士たちがネッケ城の門直前まで迫っていた。城門はぴったりと閉ざされている。

ネッケ城は静まり返っていた。反撃もない。

「エリクは無事なの？」

さらに身を乗り出しそうになった。

ヨハンナが押し留める。

「皇妃様、私が状況を見て参ります。アーマとここにおられますよう」

彼女は素早く馬車を降り、最前列まで走っていく。

そこへ、ラインハルトの大音声が響いてきた。

「ネッケ国王よ、姿を現すがいい。城内の兵士たちは身動きできない。もはや、お前にできることは命乞いだけだぞ！」

アポロニアは我が耳を疑う。

すでに勝負がついているというのか？

ヨハンナが急ぎ足で戻ってきた。彼女は馬車に乗り込み、息を切らしながら報告する。

「皇妃様。ネッケ城内の兵士たちは、攻撃直前で幻獣たちの魔術で動きを封じられたようです。でも、魔術の効き目は半刻と聞きました。その間に、ラインハルト様はネッケ国王を降伏させるおつもりのようです」

「半刻――」

たったそれだけの時間で、ラインハルトはどう雌雄を決するというのだろう。時間が経《た》てばネッケ国内から援軍がぞくぞく王都に集まってくるに違いない。わずかな手駒しか持たないラインハルトには、短期決戦しか手はないのだ。

できるのだろうか。

エリクが城内にいるのだ。彼を救えるのだろうか。

ラインハルトを信じたい。だが不安で胸が押し潰されそうだ。

「ヨハンナ、私とてもじっとしてられないわ。前に行きます」

アポロニアは断固とした声を出し、自ら馬車を降りようとした。ヨハンナが素早く先に馬車を降りて、手を貸してくれた。

「御意――ただし、アーマから絶対に離れませぬよう」

アポロニアを翻意させることは時間の無駄だと判断したのだろう。アーマが無言で先導する。

アポロニアはヨハンナに手を引かれ、兵士たちの間をすり抜け、最前列へ進んだ。

閉ざされた城門前に、ラインハルトが仁王立ちしていた。

「ラインハルト様！」

声をかけると、彼は振り返らずに答えた。

「あなたなら、ここまで来ると思ったよ。あと数刻、敵の反撃はない。ここへおいで」

彼が自分の左脇を示したので、アポロニアは寄り添った。

ラインハルトの左手が、そっとアポロニアの右手を握る。

「見ていてくれ。最後まで」

「はい……」

と、ネッケ城の屋上に人影が動くのが見えた。

二人の人物が姿を現した。

一人は、派手なオレンジ色の衣服を着込んでいるネッケ国王だ。そして、ネッケ国王は一人の細っそりした少年を抱きかかえていた。

「ああっ、エリク――！」

アポロニアは思わず声を上げた。

エリクは後ろ手に縛られている。彼はぐったりとして俯《うつむ》いている。その首筋に、ネッケ国王がナイフを押し当てていた。

ネッケ国王はラインハルトのそばにアポロニアが立っているのを確認すると、狡猾そうにニヤリと笑った。

「そこにいるのは皇妃様か。アポロニア、よくやったぞ。おい、アポロニア、皇帝陛下に自軍を引き上げるよう命令しろ！」

　ネッケ国王はきいきいした声を張り上げる。

「さもないと、弟をここで殺す！」

　アポロニアは全身の血が音を立てて引いていくような気がした。

「あ、あ、エリクを……やめて！」

　アポロニアはラインハルトに縋りついた。

「ラインハルト様、エリクが……お願い、弟を助けてください！」

　だが、なぜかラインハルトはまっすぐ屋上を見据えたまま、ひと言も口をきかない。

　最後の最後で、エリクを見捨てるというのか？

　いや、ラインハルトがアポロニアを裏切るはずはない。

　アポロニアは思わずネッケ国王に向かって、泣き叫んでいた。

「私が人質になります！　エリクの代わりに人質になります！　だからどうか、エリクを解放してください！」

　ネッケ国王はニタニタと笑う。

「ほほう、皇妃様が人質になられるというなら、なおさらこちらに都合がいい。よし、一人で城門前に進んでこい！」

「行きます！　今、行きますから！」

　アポロニアはラインハルトの手を振り払おうとした。しかし、ラインハルトは逆にぎゅっと強く掴んで引き戻してしまう。

「ラインハルト様、お願い、離して……！」

ラインハルトがアポロニアにだけ聞こえる声で言った。

「勝負はついたぞ、アポロニア」

「え？」

突然、わあっという鬨の声が城内から湧き起こり、城のあちこちから火の手が上がり出した。

「なにごとだ？」

一瞬、ネッケ国王が狼狽えて視線を泳がせた。

直後、エリクが素早くネッケ国王を突き飛ばしたのだ。

「わっ？」

ネッケ国王が大きくよろける。

エリクは目にも止まらぬ速さで手を縛っていた縄をするりと解き、ネッケ国王に飛びかかった。その手からナイフを奪ってしまう。彼は思い切りネッケ国王を蹴り飛ばした。そして、倒れ込んだネッケ国王の上に馬乗りになり、肩口にナイフを容赦なく突き立てた。

「ぎゃああ、痛い、痛い！」

ネッケ国王が情けない悲鳴を上げ、床を転げ回る。

エリクがさっと立ち上がり、屋上の手すりに飛び乗った。そして、こちらに大きく手を振った。

「アポロニア様ーっ、お元気でしたかー？」

明るいその声は――。

アポロニアは唖然とした。

「ガルバン……？」

ガルバンはにこやかにうなずく。

「そーです、僕です。エリク殿の身代わりで、ずっとこの城に囚われていました。いやもう、食事がまずいのなんのって――」

ラインハルトが苦笑した。

「その前に、報告しろ、ガルバン！　もう数刻の猶予しかないぞ！」

「あ、大丈夫です。もう城の中の制圧は、終わったはずですよー」

ガルバンが答えた直後、どやどやと屋上に武装した男たちが侵入してきた。

先頭の男が手すりに身を乗り出し、ラインハルトに向かって声を張り上げる。

「陛下、城内の兵士たちは全員捕虜として拘束しました。武器庫には火を放ちましたぞ！」

ラインハルトが大きくうなずく。

「よくやってくださった、ディレック殿！」

「ディレック？」

確かにその男はディレックであった。懐かしく大切な人々が敵地にいることに、アポロニアは呆然としてしまう。

「今、正門を開きます」

ディレックが背後の武装した男たちに合図する。

程なく、ネッケ城の正門が大きく内側から開いた。

ラインハルトは背後の兵士たちに命令した。

「突入せよ！　王家の者たちを捕獲、私の前に引き摺り出してこい！」

うわーっと突撃の声を上げ、グルーガー兵士たちが城の中に突入して行った。

アポロニアはまるで一場の芝居でも観《み》ているような気がした。

「アポロニア。見よ。無血開城だ」

ラインハルトが背中を向けたまま言う。

「ラインハルト様……」

声が震えた。

安堵とまだ残っている大きな気がかりで、胸の動悸《どうき》がおさまらない。

「でも、でも、エリクは？　あの子はどこに？」

ずっと厳しい表情で正面を見据えていたラインハルトが、ゆっくりとアポロニアに顔を振り向けた。ふっと彼の口元が緩む。

「弟君は無事だ。今は、気候の穏やかな地域におられる」

「ええっ？　エリクは無事なのですね？」

「もちろんだ。半年前には救出して、エリクと入れ替わってもらった。だいぶ身体が弱られていたので、私の一存で充分な静養をしてもらっている――あなたにそのことを黙っていたのは、心から謝罪する。だが、それもこれも、戦略のうちだ。後でゆっくりと説明しよう」

「あ、ああ……エリク、ああ、よかった……！」

心の底から喜びが込み上げ、全身から力が抜けた。

そこへディレックが姿を現し、二人の前に跪く。

「陛下、皇妃様！　見事、我が軍の勝利です！」

「ディレック、元気でいてくれたのね――」

アポロニアは忠臣の無事な姿に、心臓が震えるほど感動した。

ディレックは無精髭《ひげ》の生えた精悍《せいかん》な顔を上げた。

「陛下のご支援で、我々ダールベルク王国の残党はネッケ王都に忍び込み、武装決起の機会を窺っていたのです。この日を、一日千秋の思いで待ち侘《わ》びておりました」

ディレックはラインハルトに顔を向け、深々と頭を下げた。

「なにもかも、陛下のおかげでございます」

そこへ、グルーガー兵士たちが、手枷《てかせ》を付けられたネッケ国王とマリエ王女を引っ立ててきた。

「陛下、ネッケ王家の奴《やつ》らを捕らえてまいりました」

二人はラインハルトとアポロニアの前に跪かせられた。

ネッケ国王の元はさぞ豪華であったろう衣服は、血まみれで埃《ほこり》まみれになっていた。彼は真っ青になってガタガタ震えている。マリエ王女は、いつもきちんと整えている髪はボサボサで、綺麗なドレスはあちこち焼け焦げていた。

「た、頼む、い、命だけは助けてくれ、頼む！」

ネッケ国王は恥も外聞もなく、わあわあ泣き叫びながらラインハルトの足元に這いつくばる。

ラインハルトは冷ややかに彼を見下ろしている。

「残虐の限りを尽くした王よ。お前の犯した罪は万死に値する。だが、わざわざこの剣を血に汚すのも惜しい。アーマ、アーマ」

呼ばれたアーマが、のそりとネッケ国王に近づく。彼は喉の奥で恐ろしげな唸《うな》り声《ごえ》を上げた。

「そやつの首を食いちぎってしまえ」

ラインハルトが命令すると、アーマは巨大な口をがあっと開く。その鋭い牙で、ネッケ国王の頭を噛むそぶりをした。

「ひいいいいいいっ」

ネッケ国王は甲高い悲鳴を上げ、白目を剥《む》いて気絶してしまった。その股間にみるみる染みが広がる。

ディレックが苦笑した。

「こいつ、泡を吹いて漏らしちまいましたよ。情けない」

突然、マリエがラインハルトに足に縋りついた。

「陛下、お願いです！　私だけは助けて！　父上は裁いてくださってかまいません。でも、私は関係ありません！　国や政治のことなんか、なにも知らないのです！」

必死の形相のマリエを、ラインハルトは無表情に見下ろしている。

ふいにマリエは媚びた笑いを顔に浮かべる。

「そうだわ、陛下。私を側室に召し上げていただけません？　元々は、私が陛下の元へ嫁ぐはずだったんです。それを、この女が身代わりに行くと言い張ったから——捕虜のくせに、陛下に嫁いでぜいたくな暮らしがしたかったのよ」

マリエは蔑んだ眼差しでアポロニアを睨んだ。

アポロニアは腹の底から怒りが込み上げる。マリエこそ、アポロニアやエリクをモノのように扱ってきたくせに。

「ふむ——それほどまでに私の側室になりたいのか」

ラインハルトの右眉が大きく跳ねた。地を這うような恐ろしげな彼の声色に、アポロニアすら震え上がりそうになった。ラインハルトが激怒していることに気がつかないマリエは、ぱっと顔を綻ばせた。潤んだ瞳でラインハルトを見上げくねくねと身を揺すり、媚態《びたい》の限りを尽くす。

「はい、ぜひ！　なんでもいたします、お仕えします！」

ラインハルトがニヤリと笑う。

「そうか。私は最果ての野蛮な国の皇帝だからな。女性の扱いは酷いぞ。朝から晩まで獣のようつがい、言うことを聞かねば鞭打《むちう》ちして、犬の餌を食わせ、雪原に全裸で立たせる」

マリエは顔色を変えたが、まだ言い募った。

「そ、それでもかまいません、どうか、どうか——」

「だが、私は美しいものが好きなのだ」

ラインハルトはそっけなく言い放った。

「あなたは実に醜い。身も心も醜い。こちらからお断りだ。そもそも、私は生涯の妻は、アポロニアだけと決めている」

「な――――！」

マリエは呆然して言葉を失う。これまで彼女は、ネッケ王国一の美女としてわがまま放題に振る舞ってきた。誰もが彼女に媚び諂《へつら》っていた。だから、自分が罵倒され拒絶されることなど予想もしなかったのだろう。

ラインハルトはディレックに無造作に命令した。

「国王と王女を罪人として檻に入れ、我が国に運べ。そこで最下級の牢獄《ろうごく》へ監禁しろ。二人とも終身刑だ」

「御意――おい、連れて行け」

ディレックが仲間に合図すると、彼らは気絶しているネッケ国王とマリエを引き摺って連れ去ろうとした。

マリエが泣き喚きながら罵倒してきた。

「アポロニア、お前なんか地獄へ堕ちろ！　呪ってやる！」

王女にあるまじき耳を塞ぎたいような怨嗟《えんさ》の言葉に、アポロニアは怒りよりも哀れみがまさっていく。しかし、我欲に囚われた人たちの末路に同情する気は起きなかった。

マリエの声はすぐに遠のいていった。

「――アポロニア、辛かったろう。よく耐えたな」

ラインハルトが背後からそっと抱き寄せ、慰るように髪に口づけを繰り返した。

「だが、もう終わった。すべて終わったぞ」

「ラインハルト様……」

アポロニアは声を震わせて顔を振り向ける。そっと唇が重なった。

「あー、またいちゃついてるー。もうっ、僕への慰労の言葉はないのですかっ」

弾けるような声が聞こえ、城内からガルバンが軽快な足取りで走ってきた。

「ガルバン！」

アポロニアはガルバンの方へ歩み寄った。ガルバンは身代わりの虜囚生活のせいか、少し色白になっていたが、底抜けに明るい表情は変わらない。

「危険な任務をよくぞ果たしてくれたわ！　ありがとう！」

アポロニアはガルバンをぎゅっと抱きしめた。

「えへへ、アポロニア様のためなら火の中水の中ですよー」

ガルバンは顔を赤くして照れたように笑う。

「いつまで抱きついている、ガルバン。アポロニアから離れろ」

ラインハルトが不機嫌そうな声を出す。

「あーあ、陛下のやきもち焼きは手がつけられないなぁ」

ガルバンはおどけた仕草でアポロニアから身を引き、その場に跪く。

「これにて、僕の密命はすべて終了です！　報奨ははずんでくださいよー、陛下」

ラインハルトはアポロニアを引き寄せ、鷹揚にうなずく。

「無論だ、ガルバン――お前は私の最高の臣下だ」

心のこもった言葉に、ガルバンの顔がさらに赤くなった。

一日でネッケ王城は陥落し、捕らえられたネッケ国王は全面降伏を承諾した。

ネッケ王国は、グルーガー帝国の支配下に置かれることとなった。

ラインハルトはディレックを最高指揮官に任命し、ダールベルク王国の残党たちと共に、元ネッケ王国の戦後処理に当たらせることにした。

そして、数日後――。

グルーガー帝国軍は帰国の途についたのだ。

ほぼ不眠不休で犬橇や馬を走らせた行きとは違い、凱旋《がいせん》帰国はゆったりとした旅になった。

道中、ラインハルトはこれまでの経緯を語ってくれた。

ラインハルトの指示で、ガルバンとディレック、およびダールベルク王国の残党たちは幻獣使いたちの協力を得て、ネッケ王国へ潜入した。

エリクの居所を探し当て、密かにエリクを救出した。その際には、エリク付きの侍女が力を貸してくれたそうだ。その後、敵を欺くために、エリクと容貌がそっくりのガルバンが身代わりになって城にとどまった。ディレックたちはそのまま王都に潜伏し、密かに味方を集め武装の準備を粛々と整えた。ネッケ王国内にも、国王の統治に不満を持つものは多く、そういう不平分子をディレックは味方に引き入れた。そうやって、徐々に戦力を蓄えていったのである。

一方で、ガルバンはトッティーを使ってネッケ城をくまなく探索させ、内部構造の情報をディレックとラインハルトへ流していた。ラインハルトはその情報を元に、内部からどこをどう攻めるかの計画を綿密に立てていったのだ。

そして、ラインハルトは冬になり進軍の目眩《めくらま》しの雪が降り積もる時期を見計らい、勇躍ネッケ王国へ出兵したのである。

戦況が不利になれば、ネッケ国王がエリク（ガルバンの成り済ました）の命と引き換えに、皇妃となったアポロニアを脅迫してくるだろうとも、予測してあった。能天気で軽薄そうに見えて、ガルバンは兵士としての訓練をきっちりと受けている。ラインハルトはガルバンに全幅の信頼を置いていた。

こうして、一気呵成《いっきかせい》にネッケ城を陥落させたのだ。


「そうだったのですね……この半年、あなたはずっと裏で着々と計画を進めていたのね」

揺れる馬車の中で、ラインハルトから長い打ち明け話を聞き終えたアポロニアは、大きくため息をついた。

向かいの席で、ラインハルトが長い足を組み替えた。

「あなたに黙っていたことは、詫びよう」

アポロニアは恨めしげにラインハルトを睨んだ。

「そうよ、エリクが無事に救出されたって、なんで教えてくださらなかったの？　私はずっとずっと、エリクの安否を気遣っていたのに。無事だってわかっていれば、死ぬほど心配せずにすんだわ」

ラインハルトが苦笑した。

「それが問題だったからだ」

「え？」

「あなたはとても正直だ。半年前に弟君の無事を知ったら、必ずそれが表に出てしまうだろう。出兵するまでは胸に納めておけと言っても、あなたは腹芸のできるような人ではないからな」

「まあ、私が馬鹿正直だと言いたいのですか？」

アポロニアは少し憤慨してしまう。

「そうではないが、あなたのまわりにはネッケ国王の間諜がいたからな」

「あ。ヨハンナのこと——ですか？」

「そうだ。彼女がこちらに寝返ってくれたのはあなたの人徳だが、そうでなかったら、弟君が身代わりだという情報が、ネッケ国王に伝わってしまったかもしれない。そうしたら、これまでも計画や準備はすべて無駄になり、ガルバンの命も危うかったろう。あなたの嘘偽りのない弟君を思う姿が、一番の隠れみのになったんだ」

「……」

自分の性格を理解し尽くしているラインハルトだからこその、計画だった。

ラインハルトがさらに付け加えた。

「それに、救出した時の弟君は、かなり衰弱なさっていた。まずは健康回復が第一だと判断し、過酷な土地であるグルーガー帝国へお連れするより、穏やかな気候の地域で、ゆっくりと養生させてあげたかったのだ」

なにもかも考え抜いてあったのだ。アポロニアは蚊帳の外に置かれたことに怒りを覚えたことを、恥じた。

「あなたの本意を理解できず、非難したりしてごめんなさい」

ラインハルトは右手を伸ばし、そっとアポロニアの左手を握った。

「いや――あなたに悲しい思いをさせてしまった。私もずっと心苦しかったんだ」

「ラインハルト様……」

アポロニアはその上に右手を重ねた。

「ありがとうございます。なんとお礼を言ったらいいのか。このご恩にどう報いればいいのか……」

ラインハルトが破顔する。

「いやいや、礼を言うのはまだ早いぞ」

「え？」

ラインハルトが窓の外にちらりと目をやった。

「そろそろ到着だ」

「え……」

数刻後、馬車がゆっくりと停止した。

ラインハルトは先に降りて、アポロニアに手を差し伸べた。

「さあおいで」

「……はい」

馬車を降りたところは、見知らぬ地方だった。冬だと言うのに、一面緑に覆われ、風は穏やかに吹き、ぽかぽかしている。

「ここはドーマン公国と言って、我が国に属している小さな国だ。一年中温暖な気候で、緑と水の豊富な風光明媚な地方だ。ここには、グルーガー皇帝家の別荘があるんだ。そら、その白い屋敷だよ」

ラインハルトが指差した方を見遣ると、白壁で三階建ての瀟洒《しょうしゃ》な屋敷が建っている。庭先に置かれた揺り椅子の上に腰を下ろし、一人の青年が本を読んでいた。傍には侍女が寄り添って、扇で青年に風を送っている。

アポロニアは心臓がばくんと跳ね上がった。

気がついた時には、全力で屋敷に向かって走っていた。

「エリク、エリク、エリクー！」

走りながら何度も叫ぶ。

椅子に座っていた青年がハッとして立ち上がった。

「姉上？」

エリクもアポロニアの姿を見るや否や、こちらに向かって走り出した。

二人は道の途中で出会った。

しばらく会わないうちに、エリクはぐんと背が伸びて、少年から青年に成りかけていた。そして、最後に見た時よりずっと肉付きがよくなり顔色もつやつやとしている。

アポロニアはポロポロと涙を零し、エリクの首を抱き寄せる。

「ああ、ああ……エリク、無事で……会いたかった、会いたかったわ！」

「姉上も――私もお会いしたかった！」

姉弟はひしと抱き合った。

「まああなた、すっかり背が伸びて……私が爪先立ちしないと抱けないわ」

アポロニアは泣き笑いで言う。

「姉上も見違えるほどお美しくなられて――幸せそうでよかった――私は毎晩、姉上の幸福を星に願っておりましたよ」

エリクも声を詰まらせた。

「やっと、あなたたちを再会させることができたな」

ゆっくりと近づいてきたラインハルトが、感慨深い声で言う。

二人は抱擁を解いた。

エリクが恭しく最敬礼した。

「陛下、お礼の言いようもございません。私を救出してくださり、至れり尽くせりの待遇をいただき、すっかり健康を取り戻しました。その上、姉上のことも——このご恩をどのようにお返ししたらいいのでしょうか」

　ラインハルトが首を振る。

「礼などいらぬ。最愛の妻の望むことは、なんでも叶えてやりたかっただけだ」

　アポロニアは胸いっぱいに熱い気持ちが込み上げてきた。

「ラインハルト様……ああ、ありがとうございます、ありがとう！」

　震えるほどの歓喜が全身を満たし、おぼつかない足取りでラインハルトに歩み寄り、その腕の中に倒れ込むように抱きついた。

　ラインハルトの逞しい腕がしっかりと抱き止めてくれる。

「これからだって、あなたの望むことは、私がすべて叶えてやろう」

　ラインハルトは嗚咽に震えるアポロニアの背中を優しく摩《す》りながら、甘くささやく。

「愛している、私の女神」

「うう……ラインハルト様……」

　この人が誰よりも愛おしい。

　その想いが心を埋め尽くし、溢れてしまう。

　アポロニアはラインハルトの胸に顔を埋め、消え入りそうな声でささやく。

「私も……愛しています」

　刹那、ぴくりとラインハルトの腕が引《ひ》き攣《つ》った。

「なんだって？」

大声で聞き返され、アポロニアは恥ずかしさに耳まで赤くなった。込み上げる嬉し涙を飲み込み、再びささやく。

「愛して、います」

「聞こえぬな！」

ラインハルトがさらに大声で言う。

アポロニアは顔を上げ、ラインハルトと視線を合わせる。彼は怖いくらい真剣に見返してきた。

アポロニアは声を張り上げた。

「あなたを愛しています」

ラインハルトが心から嬉しそうな顔になった。だが、意地悪い声で言う。

「なんだって？」

アポロニアはうろたえる。何度も愛の言葉を告げるのが気恥ずかしく、しどろもどろになってしまう。

「あ、愛して……います」

「あーあ、何度も言わせちゃって！　アポロニア様、陛下は狼みたいに耳がいいんですよ。ちゃんと聞こえていて、わざと言わせてるんですって」

ガルバンが陽気な声で口を挟んだ。

「え？」

気がつくと、周囲にガルバンやエリクやアーマやヨハンナ、それにお供のグルーガー兵士たちまで集まって、ニコニコと二人を見ているのだ。

アポロニアは顔から火が出そうだった。

「いや、だ……」

ラインハルトが不機嫌そうにガルバンに言う。

「茶々を入れるな。いつまでも聞いていたいものを――」

「はいはい、そういうの、二人きりになったら延々やっててください」

ガルバンは肩を竦め、エリクにきちんと向き直ると一礼した。

「初めまして、エリク殿下。僕は陛下の臣下でガルバンと言います」

エリクは目を見張る。

「貴殿が私の身代わりになってくれたのだな。心より感謝する。まるで鏡写しのようだ」

ガルバンは顔を上げてにっこりした。

「そーなんですよ。もしかしたら、僕たち生き別れの兄弟かもしれませんよー」

「それはない。ガルバンは魔術が使えるグルーガー人だ」

ラインハルトがぴしっと言った。

ガルバンが唇を尖らせた。

「もうっ、もしかしたら王族の一員になれたかもしれないのにー」

「ふふっ、楽しい人だな」

エリクがくすっと笑いを漏らす。

それをきっかけに、周りの者たちが声を上げて笑った。

ラインハルトとアポロニアも、心から笑った。

祖国を滅ぼされて以来、アポロニアがこんなにも晴々と笑ったのは初めてだったろう。

人々の笑い声は、風に乗って緑の草原をどこまでも響いて行った。

「ああそうだ、シニョーラ。こちらへおいで」

エリクが人の輪の後ろにひっそりと控えていた侍女に声をかけた。シニョーラは、おずおずとエリクの傍らに近づいた。栗色《くりいろ》の髪に榛色《はしばみいろ》の瞳の可憐な風貌の娘だ。

「姉上。彼女はシニョーラ。ネッケ城で私の世話をしてくれていた者です。彼女もまた、ネッケ王国に祖国を奪われた孤児だったそうです。彼女は私の味方になってくれました。今回の私の救出は、シニョーラの協力がなければ困難であったでしょう」

「いいえ、私は殿下のために出来ることをしたまでです」

シニョーラは頬を染めて慎ましく答えた。

「ありがとう、シニョーラ。エリクを救ってくれて、心からのお礼を言います」

アポロニアが気持ちを込めて言うと、シニョーラの頬がぽっと桃色に染まった。

エリクはそんなシニョーラの様子を、好ましそうに見つめている。

アポロニアは、二人の間に生まれつつある恋の予感に目を細めた。

エリクといったん別れを告げ、皇帝夫妻はグルーガー帝国へ帰還した。

国境を越えると、馬車から犬橇に乗り換え、一路皇城を目指す。アポロニアの乗っている犬橇を操るのは、もちろんラインハルトだ。

「氷河——雪原……私、帰ってきたのね」

アポロニアはマフラーに顔を埋め、しみじみと感慨に耽った。ここに戻れて、心から嬉しくほっとしている。

いつの間にか、この過酷な最果ての国が自分の祖国同様になっていたのだ。

城の門前では、留守を預かった兵士や臣下たちが勢揃《せいぞろ》いして、大歓声でラインハルトたちを迎えた。

「大勝利、おめでとうございます！」

「万歳！　グルーガー帝国万歳！」

「偉大なる皇帝夫妻に祝福を！」

ラインハルトは犬橇を止めると、さっと飛び降りた。そして、アポロニアが降りるのに手を貸した。

二人は並んで手を振り、出迎えの人々の歓呼に応えた。徐々に歓声がおさまってくる。

誰もがラインハルトの戦勝報告を待った。

「それでは——」

やにわにラインハルトがアポロニアを横抱きにした。

「きゃ……？」

アポロニアはふいをつかれて可愛い悲鳴を上げてしまう。

「皆に戦勝報告をしてくれ、ガルバン」

いきなり名指しされ、ガルバンが目を剥いた。

「ちょ――陛下、僕がやるんですか？」

「そうだ。いい話はいくら長くてもかまわないだろう。じっくり皆に我らの勝利について、話してやれ」

ラインハルトはそのままさっさと城内に入っていく。

「陛下ー」

エリクの辟易した声が追いかけてくるが、ラインハルトは知らんふりして廊下を歩いていく。そのまま私室への階段を駆け上がっていく彼に、アポロニアはおろおろしながら言う。

「ラ、ラインハルト様……ガルバンに任せて、いいのですか？」

「かまわぬ。そろそろあいつには、私の正式な補佐官としての仕事をさせるつもりだった。ちょうど良い機会だ――それより」

ラインハルトはアポロニアの髪に顔を埋め、深く息を吸う。

「もう我慢できない、あなたが欲しいんだ」

頭骨に直に響くような低い声でささやかれ、アポロニアの血がかあっと熱くなる。

出兵してからずっと、口づけ以上の触れ合いはできなかった。

互いの身体の中に淫らな欲望が溜まっていることは、否めない。

「で、でも、まだ着替えも、沐浴《もくよく》もしていないのに……」

「かまわない」

ラインハルトは部屋を抜けながら、器用に片手で重いマントを脱ぎ捨て、腰帯や剣を外し、寝室までまっしぐらに進んだ。

ベッドの上に放り投げられるように寝かされる。

ラインハルトは無言で自分の衣服を脱ぎ去り、アポロニアにのしかかってドレスを乱暴にむしり取る。勢い余ってびりっと布の破れる音がしたが、ラインハルトは頓着せずアポロニアを裸に剥いていく。

そして、性急に身体を重ねてきた。

「あ、あ、ちょっと、待って……」

すでにがちがちに屹立している剛直が、まだ閉じたままの花弁をこじ開けようとぐいぐい突いてくる。アポロニアは容赦ない攻めに、悲鳴を上げる。

「ま、まだ、心の準備が……」

「そんなもの、しながらすればいい」

肉槍が強引に陰唇を掻《か》き分《わ》けて押し入ってきた。

「あ、やぁ、あ、あああっ」

長大な熱量に塊に胎内が一瞬で埋め尽くされた。

た。


「つ、あ……」

前戯もなしで挿入され、わずかに引き攣るような痛みが走った。

「アポロニア、アポロニア、愛している」

ラインハルトはアポロニアの顔中に口づけの雨を降らせながら、がつがつと腰を打ちつけてきた。

「ひ、あ、あ、あ、ぁあっ」

最奥まで抉られる衝撃に、アポロニアは弓形に背中を仰け反らせて喘いだ。

「ラインハルト様……あ、ああ、好き……」

思わず口走ると、ラインハルトが大きく息を乱し、噛《か》み付《つ》くような口づけを仕掛けてきた。

「んふ、ふぁ、あふぁ……んんぅ……」

舌と舌を絡め合い、互いの口腔を掻き回しては味わう深い口づけの快感に、アポロニアの下腹部はみるみる昂り、じゅくりと内壁が濡れていく。同時に、痺れるような官能の悦びに媚肉がうねうねと蠕動《ぜんどう》する。

「ああ、アポロニア——感じてきたね、すごい濡れてきた」

「ん、ぁ、あ、ラインハルト様……ぁ」

アポロニアはラインハルトの力強い抽挿に振り落とされまいと、彼の首に縋りついた。そして、ラインハルトの耳に舌を這わせ耳朶を甘噛みしては、甘い吐息を耳孔に送り込んだ。

「好きです、愛している……」

ラインハルトがぶるりと胴震いする。

「アポロニア、私も愛している、愛している」

ラインハルトはアポロニアの白桃のように白く柔らかい双尻肉を掴み、さらに密着度を強める。

そして、亀頭の括れまで引き抜いたかと思うと、最奥までずずんと深く穿ってきた。

「あっ、あぁん、あ、は、はぁあ……っ」

そのまま肌が打ち当たる激しい音が立つほど、突き上げられる。

「ふぁ、あ、奥、あぁ、奥、当たって……ぁ、すご、すごい……」

すでにしとどに濡れ果てた蜜口から、ちゃぷちゃぷと淫らな水音がひっきりなしに聞こえ、恥ずかしいのにより悦く感じてしまう。劣情に煽られ、猥りがましくおねだりしてしまう。

「あぁん、い、いいっ、あぁ、ラインハルト様ぁ、もっと、もっとして、もっと……」

「っ――アポロニア、こうか？」

「あっ、ああ、そこ、あ、そこ、いいっ……悦くてたまらない……っ」

アポロニアは自ら両足をラインハルトの腰に巻きつけ、彼の律動に合わせて腰を揺すった。

ラインハルトがくるおしげに呻く。

「なんてきつい――そんなに絞めては、ひとたまりもないぞ」

「んぁ、あ、だって……悦くて……止まらないの……」

媚壁を擦り上げる熱い肉楔に激しく貫かれて、アポロニアは身体がふわりと浮き上がるような愉悦の波に押し寄せるのを感じた。

「やぁ、あ、あ、も、あ、もう、ああ、達っちゃ、う、あ、も、う……」

絶頂に駆け上り、ぎゅうっと胎内が収斂する。

「アポロニア、私も——ああ、いいか？　出すぞ、あなたの中に、出すぞっ」

ラインハルトが腰の動きをどんどん速めながら唸るように言った。

これまでずっと、彼はアポロニアの意思を尊重してくれ、体外へ精を放出していたのだ。

でも、今こそ最後まで欲しい。

アポロニアはぎゅうっとラインハルトの背中に抱きついた。

「んぁあ、ああ、ください、全部、私の中に……っ」

最奥を抉るように深く突き上げられた瞬間、アポロニアは激しく極めてしまう。

「やぁあ、あ、あぁあ、やぁあぁあああぁっ」

アポロニアはラインハルトの背中に爪を食い込ませながら、びくんびくんと腰を跳ねさせた。

濡れ襞が繰り返し、ラインハルトの滾る精を搾り取るように収縮する。直後、ラインハルトは大きく息を吐き、欲望を解き放った。

「あ、あ、あぁ、あ、熱い……のが……いっぱい……」

胎内が熱い白濁で満たされ、貪欲な膣壁がそのすべてを吸い取るようにうごめく。

すべてを吐き出したラインハルトが、勢いよく抜け出ていき、アポロニアの浮き上がっていた腰がゆっくりとシーツの上に沈み込む。

この瞬間、純粋な官能の悦びだけが全身を満たしていた。

「はぁ、は、ぁ……はぁ……」

「――は、はぁ――はぁ――っ」

二人はしばらく息を荒がせて、快楽の余韻を噛み締めていた。

覆い被さってきたラインハルトが、優しく唇を求めてくる。

「んん……ふ、ん……」

互いの想いの丈を伝え合うような口づけを交わし、潤んだ瞳で感情を込めて見つめ合う。

「愛しているよ、私の女神」

ラインハルトが背骨に響くような甘い低音でささやく。

「私……ほんとうは、ずっとラインハルト様が好きでした……でも、言えなかったの……エリクの命を救うまでの契約婚だと思っていたし……それに、取引に肉体を利用しているみたいで、とても後ろめたかった……ごめんなさい」

ラインハルトはふいにクスッと笑いを漏らした。

「いや、あなたの本当の気持ちはとっくにわかっていたよ」

「え？」

「あなたの悪夢を、アーマに吸い取ってもらったろう？　あの時、あなたの熱い愛情を、アーマが伝えてくれたんだ」

「ええっ？　あの時から……？」

そう言えば、悪夢を自分に取り込んだ直後だったのに、ラインハルトはやけに機嫌がよかった。

「やだ……もう。私はずっと自分の恋心がばれないように必死だったのに……」

羞恥に顔が熱くなる。

「でも、そばであなたの葛藤を見ているのもまた、微笑ましく可愛かったぞ」

ラインハルトがこの上なく嬉しげに言うので、怒ることもできない。

「ずるいわ。いつだって、私だけがあなたの本心に気が付かないでいたなんて」

「だが、私はいつも愛していると言っていただろう?」

「それは、そうですけど……」

なんだかラインハルトの手のひらで踊らされていたみたいで、少しだけ不満だ。

ラインハルトがアポロニアの機嫌を取るように、額や頬を優しく撫でてきた。

「もうなにも隠すことはない。アポロニア——存分に私に愛をささやいてくれ」

「う——」

改めて言われると、恥ずかしくて緊張してしまう。だが、もう自分の感情に素直になってもいいのだ。ラインハルトの目を見つめ、心を込めて告げる。

「……愛しています」

ラインハルトも気持ちを込めて応えてくれる。

「愛しているよ」

互いの瞳は互いしか映っていない。

二人は再び唇を重ねた。

次第にそれが熱を帯び、二人の身体の芯に欲望の火が燃え上がってくる。

そして、終わりのない快楽の中へ落ちていくのだった――。


すべてを与え合い出し尽くした二人は、生まれたままの姿で抱き合い、心地よい微睡の中にいた。アポロニアはうとうとしながら、すぐ目の前で健康な眠りを貪っているラインハルトの寝顔を眺めていた。アポロニアの前だけで見せる、無防備な姿が愛おしい。

そこへ、アーマがのそりとベッドに上がってきて、二人の間に身を押し込んできた。

「ふふ、アーマ、一緒に寝たいの？」

アポロニアは優しくアーマの頭を撫でる。アーマが目を閉じ満足げに鼻を鳴らした。

「そうだわ」

互いにアーマに触れている今なら、彼の思念を聞くことができるかもしれない。アポロニアは、小声でアーマにささやいた。

「ねえアーマ。出会ったばかりの頃、あなたはラインハルト様に何を言ったの？　あの時のラインハルト様は、赤くなったり青くなったりとてもうろたえていたわ」

アーマが片目だけ気だるそうに開いて、アポロニアを見た。

（サッサトコクハクシロ、トイッタノダ）

アーマの思念が伝わってきた。

「告白……？」

アーマの金色の瞳が悪戯っぽく細まった。

（アノトキ、ラインハルトハ、アナタニヒトメボレシタ。ダガアイツハ、ソノキモチニナカナカキガツカナカッタノダ）

アポロニアの心臓がドキドキ高鳴ってしまう。

「初めから、私のことを……？」

（アアイウノヲ――ボクネンジン、トイウノダロウナ）

アーマはそれだけ伝えると、眠そうに目を閉じる。

アポロニアは口元が緩んで仕方なかった。

偉大な狼皇帝が、実は恋には奥手で不器用な人だったとは。

愛おしくて可愛い人。

アポロニアはアーマのふかふかの毛並みに顔を埋め、心の中でつぶやく。

「エリ《私たちに》　ノバル《幸せが》　エスル《来ますように》」

最終章

「ラインハルト様、見えてきました！　ああ、あの岬懐かしい！　入江も同じだわ。なにもかも、変わっていないわ……」

王家専用の大型船のデッキで、アポロニアは手すりから身を乗り出すようにして、彼方の景色を指差す。

「アポロニア、そんなにはしゃいだら海に落ちてしまうぞ」

ラインハルトが背後からアポロニアの腰を抱きかかえた。

「平気です。海に落ちても、ダールベルク人は皆んな泳ぎが得意なんですから」

アポロニアが自慢気に答えると、ラインハルトが苦笑する。

「そういう問題ではない」

あれから二年。

すっかり健康を取り戻したエリクは、ラインハルトがネッケ王国から奪還したかつてのダールベルク王国に帰還し、そこで国王として即位した。

長年祖国に尽くしてきたディレックが宰相となり、年若い国王を支えている。

国を滅ぼされ、散り散りに大陸へ散っていた民たちも、続々新生ダールベルク王国に戻ってきた。ラインハルトとアポロニアは正式にダールベルク王国は徐々にかつての隆盛を取り戻している。

そしてこの年、久しぶりに、ダールベルク王国で花祭りが開催されることになった。ラインハルトとアポロニアは正式にダールベルク王国を訪問することにした。半月かけての南への船旅であった。


青い海原、照りつける太陽、しっとりと湿っている空気。色とりどりの花とうっそう茂る緑の深林。

懐かしい祖国の風景。

徐々に近づいてくる入江の港では、エリク国王を始め、つい最近婚約を交わしたシニョーラ、そしてディレックたち臣下が待ち受けているだろう。

アポロニアは浮き立ちながら、デッキにいるラインハルトや同行しているガルバンやアーマに話しかけた。

「もうすぐです。ああ、早く皆に私の祖国を見せたいわ」

ガルバンがぐったりとデッキの椅子にへたり込んでいる。トッティーは元気にパタパタと飛び回っていた。

「あっつーい。暑くて溶けてしまいそうですよー」

ガルバンが今にも死にそうな声を出す。

アーマも長い舌を出して、日陰に腹ばいになってはあはあと喘いでいる。

北国の人々には、南国の気候は過酷のようである。

ラインハルトは眩しそうに太陽を見上げる。

「こんなにも空が抜けるように青いとは。雲ひとつない。なにもかも、鮮やかで明るい」

「でしょう？　次回はフランツェと一緒に来ましょうね」

先年、ラインハルトとアポロニアの間には、長男フランツェが誕生していた。まだ幼いフランツェは、ヨハンナに世話をされながら城でお留守番をしている。

「ぜひとも、連れてこよう——にしても、暑い！」

ラインハルトが額の汗を拳でぬぐった。

アポロニアは笑いながら、ハンカチを取り出してラインハルトの顔の汗を拭いてやる。

「ふふ、さすがに北の狼もへばり気味ですね」

ラインハルトが白い歯を見せる。

「とんでもない。あなたの生まれた国を存分に楽しむんだ。氷菓子、バナナ、マンゴー、花祭り、海水浴、花火大会——あなたが話してくれたすべてを、この目と身体で体験するんだ」

アポロニアは少年のように目を輝かせているラインハルトを、愛おしげに見上げ、南国の青空のように明るく笑った。

あとがき

こんにちは。すずね凜です。

「屋根裏部屋の王女は、最果ての皇帝陛下に一途に愛され甘く蕩ける」は、いかがでしたか？愛と激動の物語をボリュームたっぷりで、おおくりしました。

今回は、主役の二人はもちろん、脇役たちが誰も彼もとても魅力的で、ついついどの脇役にも肩入れしてしまいました。

特に、ヒロインの弟エリク、侍女のヨハンナ、ヒーローの侍従ガルバンは、皆それぞれで一つの物語が書けそうなほど思い入れがありました。また、幻獣たちの存在感も捨て難いものでした。もしかしたら、誰かがどこかで再登場もあるかも？（かも、ですが）

さて今回も、編集さんには大変お世話になりました。筆が乗りすぎて、規定枚数を大幅に超えてしまって、ごめんなさい。

そして、毎回華麗な挿絵を描いてくださるウエハラ先生には大感謝です。いつも物語を何倍にも素敵に彩ってくださいます。

最後に、読者の皆さんに心よりの御礼を申し上げます。

また素敵なロマンスの世界でお会いできる日を、楽しみにしております。

すずね凜

Mitsuneko Novels

蜜猫 novels をお買い上げいただきありがとうございます。
この作品を読んでのご意見・ご感想をお聞かせください。
あて先は下記の通りです。

〒102-0075　東京都千代田区三番町 8 番地 1　三番町東急ビル 6F
（株）竹書房　蜜猫 novels 編集部
すずね凜先生 / ウエハラ蜂先生

屋根裏部屋の王女は、最果ての皇帝陛下に一途に愛され甘く蕩ける

2023 年 5 月 17 日　初版第 1 刷発行

著　者　すずね凜　©SUZUNE Rin 2023
発行者　後藤明信
発行所　株式会社竹書房
〒102-0075 東京都千代田区三番町 8 番地 1
三番町東急ビル 6F
email : info@takeshobo.co.jp
デザイン　antenna
印刷所　中央精版印刷株式会社